Andreas Schmidt
Blutiger Ritus

RHEIN-MOSEL-VERLAG
Zell / Mosel
Brandenburg 17, D-56856 Zell
Tel.: 06542-5151 Fax: 06542-61158

ISBN: 978-3-89801-321-5
Satz und Gestaltung: Cornelia Czerny
Lektorat: Volker Neumann
Umschlag: Tanja Bilikas
Druck: Siebengebirgs-Druck, Bad Honnef

Andreas Schmidt

Blutiger Ritus

Prolog

Es regnete seit Tagen. Ein kühler Herbstwind peitschte mit einem monotonen, trommelnden Geräusch dicke Regentropfen gegen das Fenster. Der hoch gewachsene Mann hockte vorgebeugt in seinem speckigen Fernsehsessel im unbeleuchteten Wohnzimmer seiner kleinen Mietwohnung und rauchte. Nachdenklich drehte er den Joint in seiner rechten Hand und starrte ins Leere. Die einzige Lichtquelle im Raum war das blaue Licht des Fernsehers, der ohne Ton lief. Kurze Bildsequenzen und wechselnde Kamerapositionen sorgten für einen hektischen, flackernden Lichtschein. Das Programm interessierte den Mann nicht. Er nahm einen tiefen Zug von seinem Joint, blies den würzigen Rauch an die vergilbte Zimmerdecke und wandte den Blick träge hinüber zum Fenster. Es sah aus, als wolle er durch einen Wasserfall hinaus in die Nacht blicken. Das Licht der Straßenlaterne vor dem Haus warf einen hellgrauen Streifen auf den Boden des karg eingerichteten Wohnzimmers.

Herbst, dachte er fröstelnd. Das ist also der Herbst.

Er nahm noch einen tiefen Zug. Das Papier am Anfang der selbst gedrehten Zigarette glimmte sekundenlang auf wie ein zorniges Glühwürmchen. Er paffte genüsslich. Schwer hing die süßliche Dunstwolke im Raum und umhüllte seine massige Gestalt wie eine neblige Glocke.

Jetzt blickte er zum Fernseher und schüttelte verächtlich den Kopf. Ein so oberflächliches Medium, das vierundzwanzig Stunden am Tag das Leben aus zweiter Hand bot. Leerlauf fürs Gehirn. Leben aus der Konserve – diktiert von profilierungsgeilen Redakteuren irgendwelcher drittklassigen Magazine. Kopfschüttelnd wandte er sich ab und stierte auf den kleinen Wohnzimmertisch. Die einst glänzende Glasplatte war staubblind. Das Kondenswasser von gekühlten Bierdosen hatte unansehnliche, klebrige Kränze auf dem Tisch hinterlassen. Die leeren Dosen hatte er in der Faust zusammengedrückt und auf den Tisch geworfen, wo sie scheppernd den kläglichen Rest ihres Inhaltes auf der Tischplatte verteilt hatten. Inzwischen war er bei der dritten Literdose angekommen. Sein Kopf war wie leergefegt, und das war auch gut so. In einer Woche würde er die Bude räumen müssen. Räumen, weil er mit der Miete mehr als drei Monate im Rückstand war. Gestern hatte er die Kündigung seines Vermieters im Briefkasten gehabt. Renoviert und besenrein solle er die Wohnung hinterlassen.

Er würde dem Kerl eins scheißen, dachte er verächtlich und war froh, dass die Stadtwerke ihm noch nicht den Strom abgedreht hatten. Die Rechnung kam bestimmt auch noch, aber dann würde er hier schon nicht mehr wohnen.

Er beugte sich vor und griff nach der großen Bierdose, nahm einen tiefen Schluck, rülpste laut und dachte über sein beschissenes Leben nach. Arbeitslos. Hartz IV, Behördenärger am laufenden Band. Sie hatten ihm vor einem Monat einen Job in Neuss angeboten. Als Erntehelfer. Hatte jemand auf dem Amt vielleicht berücksichtigt, dass er nach einem Bandscheibenvorfall krankgeschrieben worden war und ein ärztliches Attest eingereicht hatte? Nein, natürlich nicht. Und außerdem hatte er kein Auto, mit dem er täglich an den Niederrhein hätte fahren können. Das heißt, den alten Passat besaß er ja noch. Aber die Kiste war seit einem halben Jahr TÜV-überfällig und nicht mehr verkehrssicher.

Nachdem er den Job in Neuss abgesagt hatte, hatten sie ihm die Zahlungen gestrichen. Er war wegen chronischem Pech und einem schweren Rückenleiden durch das soziale Netz gefallen. Niemand kam für seine Miete auf. Niemand unterstützte ihn, wenn er nachts schlaflos und hungrig in das schmierige Bett kroch und die Decke bis zum Gesicht zog. Niemand war da für ihn. Karin, seine Freundin, war jetzt seine Exfreundin. Sie hatte ihn mit seinem besten Freund betrogen, ihn als Versager beschimpft und war aus der ehemals gemeinsamen Wohnung ausgezogen. Das Einzige, was ihm geblieben war, waren ein paar lausige Euro für Bier und Gras. Drogen, die er sich täglich gönnte, um sein beschissenes Leben ertragen zu können. Er hatte gebettelt, überall versucht an Geld zu kommen, um seinen Lebensunterhalt auch weiterhin bestreiten zu können. Als Arbeitsloser gab es Mittel und Wege, an Geld zu kommen. Nicht nur vom Arbeitsamt und der Arge. Soziale Einrichtungen, Freunde, Familie. Alle hatten ihn ausgelacht. Niemand hatte ihm auch nur einen einzigen Cent gegeben

Doch damit war Schluss jetzt. Seine Zeit war gekommen. Es war die Zeit der Abrechnung. Lange hatte er an seinem Rachefeldzug gebastelt, jedes Detail bis ins Letzte überlegt und durchdacht. Und ab morgen würden die Uhren anders gehen. Er würde abrechnen. Vielleicht würden sie ihn endlich verstehen, wenn er ein Zeichen gesetzt hatte.

Seine Finger zitterten, als er den Stummel der Zigarette im Ascher ausdrückte und die Bierdose leerte, bevor er sie zusammenpresste wie ein wehrloses Tier, das gefangen war in seiner Hand. Er feuerte das dünne, zerknüllte Weißblech auf den Glastisch, wo es scheppernd einige Drehungen vollführte. Morgen würde sein neues Leben beginnen, dachte er, als er sich mit einem triumphierenden Grinsen auf den Lippen schwer von Alkohol und Drogen erhob und ins Schlafzimmer kroch. Als hätte man bei ihm einen Schalter umgelegt, fiel er in das vom Vortag ungemachte Bett und schlief auf der Stelle ein.

Samstag

19.15 Uhr, Kirche Herz Jesu, Elberfeld

Nachdem der letzte Besucher der Samstags-Messe gegangen war, erhob sich Klaus Gerber von seinem Hocker hinter der Orgel. Obwohl er die abendliche Messe sehr liebte, war er heute froh, dass der Gottesdienst zu Ende war. Während des abendlichen Orgelspiels hatte er wieder diesen Schmerz in der Brust verspürt. Das Stechen wurde schlimmer, und er fürchtete, bald nicht mehr an einem Besuch bei Dr. Bespin, seinem Hausarzt, vorbeizukommen. Irgendetwas schien mit seinem Herzen nicht in Ordnung zu sein.

Doch jetzt verwarf er den Gedanken schnell wieder und widmete sich seiner Arbeit. Der Küster schaltete das mächtige Musikinstrument ab. Seine Hände glitten liebevoll über das Holz. Bei der Orgel handelte es sich um ein ganz besonderes Instrument, denn der Kern des Klangwerks stammte aus einer lutherischen Kreuzkirche, während das prächtige Gehäuse aus einer alten Kirche in Holland kam. Eine Orgelbaufirma aus Höxter hatte aus beiden Komponenten dieses beeindruckende Instrument geschaffen, das auf den Wuppertaler Orgeltagen immer wieder Beachtung unter den Musikfreunden fand. Dem Küster war es eine Ehre, auf diesem besonderen Musikinstrument spielen zu dürfen.

Gerber atmete tief durch und warf einen Blick auf die Armbanduhr. Viertel nach sieben. Pünktlich zur Tagesschau würde er zu Hause sein, dachte er zufrieden und verließ seinen Platz an der Orgel.

Pfarrer Tütering, der die Abendmesse gehalten hatte, war recht eilig in die Sakristei verschwunden, um sich umzuziehen. Er hatte noch etwas vor heute Abend. Den Messdienern hatte er mit einem schelmischen Augenzwinkern gestanden, noch ein Date zu haben.

Der Küster mochte »seinen« Pfarrer. Schon seit elf Jahren arbeiteten sie zusammen und waren, wie Hans Tütering es immer nannte, so etwas wie ein Dream-Team. Gerber hatte keine Probleme mit der humorvollen und weltoffenen Art des katholischen Geistlichen – im Gegenteil: Tütering hatte bei seinem Amtsantritt frischen Wind in die etwas angestaubte Gemeinde gebracht. Die Gemeindemitglieder mochten ihn.

Gerber zupfte die Gestecke der Blumenschalen zurecht und steckte neue Kerzen in die eisernen Halter, während draußen ein kalter Herbststurm um die dicken Mauern der Kirche fegte. Regen prasselte gegen die kunstvoll verzierten Fenster. Der Küster erschauderte und freute sich auf einen heißen Tee, den er sich zu Hause zubereiten würde. Doch zunächst gab es noch einiges zu tun. Er wollte die Kirche für den morgigen Gottesdienst herrichten.

Gerber durchquerte das Schiff der Kirche. Hohl klangen seine Schritte von der kuppelförmigen Decke zurück. Er liebte diese Stille nach dem Gottesdienst. Zeit, ein paar Gedanken mit Gott auszutauschen. In aller Stille. Der untersetzte Mann mit dem silbrig schimmernden Haarkranz war fast siebzig Jahre alt, aber er fühlte sich mindestens zehn Jahre jünger, und er war sicher, dass er das »dem da oben« zu verdanken hatte. Nach dem Tod seiner Frau Luise vor zwölf Jahren hatte sich der rüstige alte Herr noch einmal ins Arbeitsleben gestürzt. Obwohl es eine Altersgrenze auch für Gemeindemitglieder gab, hatte er seinen Vertrag auch nach dem fünfundsechzigsten Lebensjahr jährlich verlängern lassen. Mit einem nachdenklichen Lächeln auf den schmalen Lippen dachte er an seine Ehe. Relativ spät hatten die beiden noch ein Kind bekommen, doch die Tochter ging längst eigene Wege, und mit der christlichen Lebensweise der Eltern hatte sie nichts zu tun. So war es gekommen, dass der Kontakt zwischen Tochter und Vater fast eingeschlafen war. Sie sahen sich nur wenige Male im Jahr. Obwohl Klaus Gerber nach dem Tod seiner Frau versucht hatte, die Beziehung zwischen Vater und Tochter aufzufrischen, hatte er längst bemerkt, dass die Tochter Wert darauf legte, ein eigenes Leben zu führen. So ging Gerber total in seiner Arbeit als Gemeindeküster auf – mittlerweile seit fast drei Jahrzehnten. An die wohlverdiente Rente verschenkte er keinen Gedanken. Herz Jesu, die Kirchengemeinde Elberfeld, war ihm ans Herz gewachsen.

Vor dem geschmückten Altar bekreuzigte sich Gerber und kniete sich auf eines der dünnen Kissen. Er schloss die Augen, faltete die Hände und war ins Gebet versunken, als hinter ihm die schwere Kirchentür mit einem dumpfen Knall zufiel. Doch Gerber blickte nicht auf. Vermutlich hatte eine der alten Damen, die zur Messe gekommen waren, ihren Regenschirm vergessen, und war nun zurückgekommen, um ihn zu holen. Dann würde sie sicherlich auch wieder verschwinden.

Der süßliche Geruch von Weihrauch hing in der Luft. Durch die gesenkten Augenlider erkannte Gerber das Flackern der Kerzen. Von hinten näherten sich Schritte. Es waren keine klackernden Frauenschuhe. Gerber vermutete weiche, flache Sohlen. Gummisohlen, die jetzt leise quietschten. Gut, dann war es eben ein älterer Herr, der noch einmal zurück zur Kirche gekommen war. Gerber betete weiter.

Die Schritte näherten sich zielstrebig und schnell.

»Sind Sie der Küster?« Eine männliche Stimme.

»Der bin ich«, nickte Gerber und unterbrach das Gebet nun doch. Er stemmte sich in die Höhe. Ein Ächzen kam über seine dünnen Lippen. Die verdammten Knochen wollten schon nicht mehr so wie er, doch davon ließ er sich nicht erschüttern. Während er sich noch einmal bekreuzigte, drehte er sich zu dem Fremden um. Er kannte den Mann nicht aus dem Gottesdienst und nicht aus der Gemeinde. Und ein zufällig vorbeikommender Besucher, der sich das Gotteshaus nur einmal aus Neugier ansehen wollte, trat anders auf. Dieser Mann, Gerber schätzte ihn auf Mitte dreißig, hatte eindeutig andere Absichten. Er schien etwas Bestimmtes im Schilde zu führen.

»Was kann ich für Sie ...«

Das »tun« verschluckte Gerber, als er in die brünierte Mündung einer Waffe blickte. Sein Herzschlag setzte einen Moment lang aus. Es dauerte einen Augenblick, bis der alte Mann überhaupt registriert hatte, dass er mit einer Schusswaffe bedroht wurde. Danach wurde ihm innerhalb einer Sekunde erst eiskalt, dann heiß. Winzige Schweißperlen standen auf seiner hohen Stirn. Er machte einen Schritt nach hinten, doch aus der Schusslinie brachte ihn dieser einzige Schritt noch lange nicht.

»Was ... was haben Sie vor?«, krächzte er und spürte schon wieder diesen verdammten Schmerz in der Brust. Die Pumpe würde ihn doch wohl jetzt nicht im Stich lassen, durchzuckte es ihn. Längst schon hätte er Dr. Bespin einen Besuch abstatten müssen. Ausgerechnet jetzt spürte er diesen Schmerz wieder. Übelkeit lähmte seinen Körper. Seine Augen weiteten sich, und er griff sich ans Herz. »Bitte«, keuchte er. »Helfen Sie mir!«

Doch der Fremde lachte nur. »Ich möchte nicht, dass Sie sich quälen müssen«, spottete er. »Das, was man Tieren ermöglicht, sollte man keinem Menschen vorenthalten. Oder was halten Sie von aktiver Euthanasie? Sie, als gläubiger Katholik?« Mit einem triumphierenden Grinsen auf den Lippen entsicherte er die Pistole. »Das sind Sie doch, oder? Ein gläubiger Katholik?«

Gerber nickte mit panisch aufgerissenen Augen und brachte nur einen kehligen Laut über die Lippen. Der stechende Schmerz in der Herzgegend schien seinen Brustkorb zu zerreißen. Gerber hatte keine Ahnung von Waffen, er wusste nur, dass sie tödlich waren. Und an einen Scherz mit einer Schreckschusspistole, den sich der Fremde hier mit ihm erlaubte, glaubte der sonst so optimistische Gerber nicht. Er fand nicht mehr viel Zeit zum Überlegen. Der Küster fühlte den Schmerz, der nun seinen ganzen Körper zu lähmen schien. Er ging stöhnend in die Knie. Sein Mund war trocken, er versuchte vergeblich zu schlucken. Ihm war, als schnüre sich die Kehle zu.

Seinem Gegenüber schien zu gefallen, was er sah. Mit einem schnellen Satz war der Fremde über ihm. Breitbeinig stand er über seinem Gesicht und zielte mit der Pistole auf den Küster. »Das war es dann also für dich, alter Mann.« Der Fremde kicherte wie im Wahn. Dann deutete er mit dem Kinn auf den festlich geschmückten Altar. »Ich scheiß auf euren scheinheiligen Verein. Das Feiern wird euch schon noch vergehen!« Diese Worte hatte er dem Küster ins Gesicht gespien. Blinde Wut lag in seinen kalten, emotionslosen Augen. Ohne Gerbers Antwort abzuwarten, betätigte er den Abzug und schoss.

Das Letzte, was Klaus Gerber sah, war das Mündungsfeuer der kleinen Pistole. Seltsamerweise, so dachte er im Moment seines Todes, peitschte kein Schuss durch das Kirchenschiff. Es machte nur einmal kurz »Plopp«, dann bäumte sich Gerbers Körper ein letztes Mal auf. Er würde nicht pünktlich zur Tagesschau zu Hause sein heute.

Ohne große Eile ließ der Mann die warme Pistole in der Innentasche seiner Jeansjacke verschwinden. Er blickte auf den toten Küster herab und zog verächtlich die Oberlippe hoch. Sekundenlang stand er einfach da und betrachtete mit einem zufriedenen Grinsen sein Werk. Gerber lag ihm zu Füßen, die Augen im Moment des Todes weit aufgerissen, der Mund stand einen Spaltbreit auf, so, als wollte er im Augenblick des Todes noch um Hilfe rufen.

Ein erhebendes Gefühl beschlich ihn. Ein paar Mal atmete er tief durch. Der Geruch des Weihrauchs begann ihn zu nerven. Diese Kirche hatte etwas Beklemmendes an sich. Das hatte er damals schon so gehasst. Plötzlich wurde er von einer inneren Unruhe getrieben. Er ging neben dem Toten in die Knie und durchsuchte die Taschen seines dunklen Jacketts. In der rechten Jackentasche klimperte es verräterisch. Schon hatte er gefunden, wonach er suchte: den Schlüsselbund. Wie er vermutet hatte, war es ein recht dickes Exemplar. Neben einem Autoschlüssel befanden sich noch knapp zehn weitere Schlüssel an dem Bund. Das braune Ledermäppchen war verschlissen und unansehnlich, doch das sollte ihn nicht weiter stören. Er erhob sich schnell. Jetzt bekam er von dem verdammten Weihrauch auch noch Kopfschmerzen. Es wurde höchste Zeit, dass er verschwand. Er musste dringend an die frische Luft. Es gab viel zu tun, und der Tod des Küsters war nur der erste Streich seines Plans gewesen.

Eilig ließ er den dicken Schlüsselbund des Küsters in der Tasche seiner Jeansjacke verschwinden. Eins nach dem anderen, mahnte er sich zur Ruhe. Zunächst einmal musste er die Waffe verschwinden lassen. Und auch dafür hatte er schon einen genialen Plan.

Als er wenig später die Kirche verließ, prasselte ihm der Regen ins erhitzte Gesicht. Doch das störte ihn nicht. Er grinste überheblich. Er fühlte sich gut. Der aufgestaute Druck der letzten Wochen und Monate hatte endlich nachgelassen. Er hatte nicht geraucht und nicht getrunken und fühlte sich frisch wie schon lange nicht mehr. Es war, als hätte sich tief in ihm ein Ventil geöffnet und alle Aggressionen abgelassen. Tief atmete er durch und genoss die kühle Herbstluft. Obwohl der Regen seine Kleidung binnen weniger Minuten durchnässt hatte, war das Grinsen auf seinem Gesicht wie festgemeißelt. In der Jackentasche fühlte er den Schlüsselbund des Küsters. Sein Heiligtum. Er hatte es geschafft, und dafür den Tod eines alten, einsamen Mannes nur allzu gern in Kauf genommen.

Sein Blick glitt über die Fassaden der umliegenden Altbauhäuser. Niemand schien etwas von seiner Aktion bemerkt zu haben. Zügig, aber nicht eilig, marschierte er die Ludwigstraße hinunter, passierte die Luthersche Kirche und hatte schon bald die vielbefahrene Gathe erreicht. Er hasste volle Straßen, hasste Menschenmengen. Er mied Stellen, wo sich andere Leute besonders gern aufhielten. Schnell stoppte er sich ein Taxi, nannte dem türkisch aussehenden Fahrer die Adresse und ließ sich entspannt in die Polster der Sitzbank im Fond

l. Zumindest nicht in diesen Mengen. Seine Kleidung ss. Scheinbar regnete es draußen immer noch. Susanne es vor dem Heimweg, denn ein Auto besaß sie nicht.

Abend«, wünschte der Kunde nun.

ohl noch Durst?«, erwiderte Susanne lächelnd und zog eiden Weinflaschen und das Sixpack Bier über den Preisner.

lar, ist doch Wochenende.« Wieder lächelte er sie freund-an. »Da braucht man ein Herrenhandtäschchen.« Er zwinte vergnügt und zeigte auf das Sixpack Bier. Susanne war ziniert von seinem Lächeln. Es war jungenhaft und erfrinend, auch frech, aber nicht anzüglich. Täuschte sie sich, der reihte er sich seit Tagen absichtlich an ihrer Kasse ein? eine runden Backen hatten Grübchen, die sein jungenhaftes ussehen noch unterstrichen. Unter der nassen Jacke sah sie in Kapuzenshirt und modische Jeans.

»Und das alles ist für dich ... ähm ... für Sie?«, stammelte Susanne und wurde prompt rot.

Der Kunde lachte. »Bleib ruhig beim Du. Wir sind doch keine alten Leute. Ja, ist alles für mich. Oder möchtest du vielleicht mit mir trinken?«

Oh, durchzuckte es Susanne, so weit ist er ja noch nie gegangen. Sie spürte, wie ihr das Blut bis unter die Haarspitzen schoss. »Gern, aber was sage ich meinem Mann und meinem Sohn?« Sie log immer, wenn ihr ein Kunde zu aufdringlich wurde. So konnte sie die meisten Männer auf Distanz halten. Susanne hielt bei ihrem Spiel mit dem Feuer immer gern die Zügel in der Hand und bestimmte stets die Richtung. Hinter ihm stand kein weiterer Kunde, der sie belauschen könnte, und auch der Marktleiter war bereits vor Stunden in seinem Büro verschwunden. Sie waren ungestört.

»Die beiden müssen ja nicht alles wissen«, konterte der Kunde mit einem gewinnenden Grinsen. Er zwinkerte Susanne zu. »Ich bin der Bert – ja, lach ruhig. Bert, wie der aus der Sesamstraße. Na ja, eigentlich Berthold, aber das klingt so opamäßig.

des Daimler zurücksinken. Während der Fahrer ihn durch die Dunkelheit chauffierte, schloss er entspannt die Augen. Ihm ging es gut. Noch hatte er sein Ziel nicht erreicht, aber der Druck hatte erstmal ein wenig nachgelassen. Und er war noch nicht fertig mit seiner Mission. Noch lange nicht ...

19.55 Uhr in einem Supermarkt am Uellendahl

Wache Augen in einem runzeligen Gesicht. Die Rentnerin betrachtete in aller Ruhe die Auslagen im Kassenbereich des Supermarktes. Gerda Friedrichs liebte es, spät abends noch einzukaufen. Da herrschte in dem großen Lebensmittelladen nicht mehr viel Betrieb. Hektik hatte sie Jahrzehnte lang gehabt. Die Weichspülermusik aus den Lautsprechern schien sie gar nicht mehr wahrzunehmen – die Melodie hatte die alte Dame in einen wahren Konsumrausch versetzt. »Easy listening« nannte man das neudeutsch.

Mit einem verzückten Lächeln auf den faltigen Wangen betrachtete sie die Dinge, die man bewusst im Kassenbereich aufgestellt hatte. Es gab DVDs zum Sonderpreis, ein neues Duschgel, Katzenfutter mit abgelaufenem Haltbarkeitsdatum und die neue Bier-Cola-Kombination einer Brauerei. Das nannte man moderne Verkaufspsychologie. Dinge, die kein Kunde sonst je kaufen würde, fanden kurz vor der Kasse reißenden Absatz. Hier, so hieß es, wurde die Kundschaft von einer Art Torschlusspanik überfallen und warf alles in den Einkaufswagen, was sich ihr in die Quere stellte.

Mit einem versonnenen Grienen auf den runzeligen Lippen beförderte Gerda Friedrichs eine Dose Katzenfutter in den Korb. Dann fuhr sie ihren Wagen an das Förderband der Kasse. »Ist für die Katze meiner Nachbarin«, murmelte sie, als müsse sie ihren Kauf begründen.

Susanne Mallmann, die Kassiererin, nickte verständnisvoll und nahm einen Schluck aus der Mineralwasserflasche.

Ihr Rücken schmerzte. Seit drei Stunden schon saß sie an der Kasse und wartete vergeblich auf ihre Ablösung. Und von der Marktleitung ließ sich niemand mehr blicken. Kurz nach acht Uhr abends, eine Stunde noch, dann hatte auch sie Feierabend.

»Was man nicht im Kopf hat«, murmelte die Rentnerin entschuldigend und deutete auf die Wurst, den Käse und das Brot. »Und morgen ist doch Sonntag. Ich muss regelmäßig essen, wissen Sie, ich bin doch Diabetikerin.«

»Dafür sind wir doch extra lange für Sie da«, lächelte Susanne freundlich und begann mit dem Kassieren. Ihre Schulter schmerzte. Das kam vom monotonen Vorziehen der Ware, die tagtäglich auf dem Band landete. Immer die gleiche Bewegung, oft von morgens bis abends. Als sie an ihren Feierabend dachte, beschlich sie ein Gefühl von Leere. Was bedeutete es schon, nach Hause in die leere Wohnung zu kommen? Niemand wartete auf sie. Jörg war vor sechs Wochen ausgezogen. Das, was einst als innige Liebe angefangen hatte, war immer mehr abgeebbt und schließlich in eine Art Hassliebe umgeschlagen. Er hatte sie ständig betrogen und alles auch noch verleugnet, als sie ihn darauf angesprochen hatte. Obwohl sie Beweise für seine ständigen Seitensprünge hatte, weigerte er sich vehement, ihr reinen Wein einzuschenken. Erst, als er mit Susannes bester Freundin Heike im Bett gelandet war, hatte sie einen Schlussstrich gezogen. Susanne hatte Jörg aus der Wohnung geworfen und Heike die Freundschaft gekündigt. Eine Welt war für sie zusammengebrochen, doch inzwischen hatte sie den Verlust von Jörg überwunden. Wenn da nur nicht diese Einsamkeit wäre ...

Susanne hatte sich anderweitig orientiert und sich geschworen, es fortan wie die Männer zu machen. Frei nach dem Motto »Andere Mütter haben auch hübsche Söhne« hatte sie sich innerhalb kürzester Zeit von einem Abenteuer ins nächste gestürzt. Vielleicht hatte sie auch einfach das Bedürfnis, Jörg etwas heimzuzahlen. Susanne wusste es nicht. Ihre Freundin

Jenny behauptete seitdem, dass Susan
lagt sei. Und vielleicht hatte sie gar nic
denn Susanne genoss ihr Liebesleben se
Jörg in vollen Zügen. Sie schämte sich nic
Verhalten, aber sie hasste das Gefühl der
immer häufiger beschlich.

Mechanisch wie ein Roboter hatte Susann
abgefertigt und nannte ihr nun die Summe. S
Erinnerung an ihre gestrandete Beziehung z
»Vierzehn achtundneunzig macht das, bitte.«

Während die Rentnerin ihre letzten Einkäufe i
warf, zupfte sie ein ledernes Portemonnaie hervor.
zen Krückstock hängte sie an das Gitter des Einka
»Warten Sie, junge Frau, ich hab es auch passend.«

Es schien die alte Dame nicht zu stören, dass sich
späten Stunde schon eine Schlange an Susannes Kas
det hatte. In aller Ruhe suchte sie nach dem Kleingeld
Geldbörse.

»Sehen Sie«, sagte sie dann mit einem gewinnenden La
und legte Susanne die abgezählten Kupfermünzen i
Hand.

»Vielen Dank«, erwiderte Susanne und ließ das Geld in
Lade ihrer Kasse verschwinden. Sie wünschte Gerda Frie
richs ein schönes Wochenende.

Kurz nur dachte sie noch einmal an die leere Wohnung, die auf sie wartete, bis sich der nächste Kunde vor ihr aufbaute. Er war in ihrem Alter, fast zwei Meter groß und korpulent. Aber nicht fett. Etwas Sympathisches war in seinem Gesicht. Seit ein paar Wochen kam er fast täglich in den Supermarkt. Vermutlich war er neu in der Gegend. Und egal wie voll es an ihrer Kasse auch war – der Typ stellte sich immer nur an ihrer Kasse an, nicht an eine der anderen, auch wenn dort weniger Betrieb herrschte. Er kaufte immer nur das Nötigste, um den nächsten Tag zu überleben. Scheinbar war er Single, denn Familienväter kaufen nicht jeden Tag ein. Und Familienväter kaufen keinen

Und du? Hast du auch einen Namen? Ich meine, wie sehen uns doch fast täglich.«

»Ernie«, kam es prompt über Susannes Lippen. »Nenn mich Ernie.« Sie kicherte übermütig.

Der junge Mann lachte. »Gern ... Ernie.« Rasch zog er die Geldbörse aus der Gesäßtasche seiner Jeans und reichte Susanne einen Schein, den sie schnell wechselte. Als sie ihm die Münzen aushändigte, berührten sich kurz ihre Hände. Prompt durchzuckte ein angenehmer Stromschlag Susannes Hand. Sie erschauderte und lugte so unauffällig wie möglich in Berts Portemonnaie. Wie sie erfreut und mit geübtem Blick feststellte, befand sich darin nicht das Foto einer jungen Frau. War er Single?

Bert gefiel ihr ... sollte sie?

Nein, dachte sie. Es kann nicht gut sein, etwas mit einem Kunden anzufangen, der fast täglich hier im Supermarkt auftaucht. Sicherlich, am Tag traten zig gut aussehende Männer zu ihr an die Kasse, und sie hätte schon gern öfters mal mit dem Feuer gespielt. Aber ihre Neigungen lebte sie ausschließlich im Privatleben aus. Möglichkeiten, Männer kennen zu lernen gab es genug, dem Internet sei Dank. Und heute Abend war sie mit Jenny zu einem Frauenabend in der Börse verabredet. Dort fand, wie jeden Monat, die so genannte Ü30-Party statt. Sicherlich würde sich dort auch die Gelegenheit zu einem heißen Flirt ergeben.

»Schade«, riss sie Berts Stimme nun aus den Gedanken. »Na ja, vielleicht ein anderes Mal. Dann wünsch ich dir ein schönes Wochenende ... Ernie!« Lachend schob er die Geldbörse in seine Jackentasche, tippte sich mit zwei Fingern an die nicht vorhandene Hutkrempe, griff nach seinen Getränken und verschwand in Richtung Ausgang.

Susanne blickte ihm nach. Er hat einen verdammt knackigen Hintern, dachte sie ein wenig wehmütig. Und schon im nächsten Moment hatte sie Bert auch schon wieder vergessen. Wofür gab es schließlich die Ü30-Party?

20.15 Uhr, Oststraße in Wichlinghausen

»Ein Toter in der Kirche Herz Jesu in Elberfeld. Offensichtlich erlag er einer Schussverletzung. Du solltest kommen und dir das ansehen.«

»In der Kirche? Na super.« Katrin Kramer blickte auf die Uhr und seufzte. Im Fernsehen hatte gerade der Spielfilm begonnen, auf den sie sich schon die ganze Woche lang gefreut hatte. Sie hatte sich Kerzen im Wohnzimmer angezündet, eine Flasche Rotwein aufgezogen und eine kleine Schale mit Knabbereien bereitgestellt. Die letzte Zeit war stressig gewesen, und ihr Job als Kriminalkommissarin bei der Wuppertaler Mordkommission forderte sie sehr. Eigentlich hatte sie sich gefreut, das Polizeipräsidium zwei Tage lang nicht sehen zu müssen. Doch in dem Augenblick, als das Telefon angeschlagen hatte, platzte dieser Traum wie eine Seifenblase. »Wer ist das Opfer?«

»Der Küster der Kirche. Er war alleine, als der Mörder ihn vor dem Altar antraf. Vermutlich hatte es der Täter auf die Kollekte abgesehen.«

»Da kommen doch immer nur ein paar Cent zusammen«, entgegnete Katrin und kaute auf der Unterlippe. Sie wanderte mit dem schnurlosen Telefon durch ihr geschmackvoll eingerichtetes Wohnzimmer. An einem der vier hohen Fenster blieb sie stehen und blickte hinaus. Es war stockfinster, und der Regen rann in dichten Bahnen an den Fenstern herunter. Sie erschauderte bei dem Gedanken, noch einmal loszumüssen.

»Vertu dich da mal nicht, Frau Kollegin«, entgegnete Brauer vom K1. Gleich nach den Kollegen der Streife war er als Erster zum Tatort gerufen worden. Karl Brauer hatte Bereitschaft. »Heutzutage werden Menschen schon für fünf Euro abgestochen. Das weißt du genauso gut wie ich.«

»Ist ja schon gut«, lenkte Katrin ein. »Aber welches Motiv sollte es sonst geben, einen Küster zu töten?«

»Deshalb rufe ich ja an. Komm her und sieh dir die Scheiße selber an. Vielleicht hast du ja eine Idee, die uns zum Täter führt.«

»Das war's also mit dem gemütlichen Samstagabend.« Katrin nickte, was Brauer am anderen Ende der Leitung natürlich nicht sehen konnte. »Bin schon unterwegs.«

»Im Fernsehen läuft eh nur Mist, und der Mann fürs Leben ist dir wohl auch heute noch nicht über den Weg gelaufen«, versuchte Karl Brauer einen Scherz. Als Katrin nicht lachte, räusperte er sich verlegen. »Tut mir leid, Katrin.« Die Stimme des Kollegen klang fast schon mitleidig. »Aber es wäre gut, wenn du dir selber ein Bild verschaffst.« Brauer nannte ihr die genaue Adresse der Kirche, in der es zu einem Mord gekommen war.

Herz Jesu lag in Elberfeld. Auch wenn die Tanknadel ihres alten Polo bereits im roten Bereich stand, so müsste sie es bis zur Nordstadt auch noch ohne Tankstopp schaffen. Am Wochenende tankte sie prinzipiell nicht, da pünktlich zum Freitag die Benzinpreise fast immer stiegen.

»Du kommst also?« In Brauers Stimme schwang Hoffnung und Erleichterung mit.

»Welche Wahl habe ich? In zwanzig Minuten kann ich am Tatort sein.« Ohne die Antwort des Kollegen abzuwarten, unterbrach sie die Verbindung. Seufzend blies Katrin die Kerzen aus und schaltete den Fernseher ab. Es duftete nach Kerzenwachs im Raum, als ihre zehnjährige Tochter Sophie im Türrahmen auftauchte. Den weißen MP3-Player hielt sie in der rechten Hand. Seitdem sie den iPod von ihrem Vater bekommen hatte, gab sie ihn in der Freizeit gar nicht mehr aus der Hand. Manchmal hatte Katrin das Gefühl, dass die kleinen Kopfhörer schon mit den Ohren ihrer Tochter verwachsen waren. »Musst du noch mal weg?«

»Leider, ja.« Katrin nickte. »Ein Einsatz.«

»Cool.« Sophie strahlte, und in ihren blauen Augen sah Katrin die pure Abenteuerlust aufblitzen.

»Das ist alles, was du mir zu sagen hast?«, schmollte die alleinerziehende Mutter. »Dann danke ich dir für dein Mitgefühl. Du hast sturmfreie Bude, fürchte ich.«

»Cool«, wiederholte das Mädchen. Sophie strich sich eine blonde Haarsträhne aus der Stirn. »Lass dir ruhig Zeit. Franka ist ja auch noch da, ich bin also nicht allein.«

Franka war eine Klassenkameradin ihrer Tochter. Gemeinsam besuchten die Mädchen die Klasse 5f an der Gesamtschule Barmen. Sophie war der Mutter ins Schlafzimmer gefolgt und beobachtete Katrin, wie sie sich auszog.

»Tse«, kam es über Katrins Lippen, als sie den bequemen Hausanzug gegen eine Jeans und ein warmes Sweatshirt tauschte. »Als ich so alt war wie du, hatte ich noch Angst, wenn ich abends mal allein zu Hause war.«

»Früher gab es ja auch noch keine Handys, mit denen man sich im Notfall verständigen konnte«, wurde die Kommissarin von ihrer Tochter belehrt.

Katrin musste lachen. »Ich weiß, ich muss mir keine Sorgen machen.« Sie strich Sophie zärtlich durch das Haar.

»Kann ich morgen zu Papa?«, wechselte Sophie unvermittelt das Thema.

Katrin zuckte unmerklich zusammen. Seit ihrer Scheidung von Peter verstand sie sich zwar recht gut mit ihrem Ex-Mann, allerdings bemängelte er ständig, dass sie als Kriminalbeamtin viel zu oft und zu lange unterwegs war, während Sophie zu Hause alleine war. Deshalb gab es ab und zu Streit. Und in Wuppertal hatte es eben einen neuen Mordfall gegeben. Da die ersten achtundvierzig Stunden nach einem Tötungsdelikt für die Ermittler die entscheidenden waren, fürchtete sie, in den nächsten Tagen nur selten nach Hause zu kommen. Vielleicht sollte sie ihre Mutter bitten, sich ein wenig um Sophie zu kümmern. Obwohl sie erst zehn war, so hatte sie sich doch ihrem Schicksal als Tochter einer alleinerziehenden Mutter gefügt und war mit ihren Aufgaben gewachsen. Sophie war ein aufgewecktes und sehr intelligentes Kind. Nur die Tatsache, dass Peter sie morgen abholen wollte, bedeutete wieder Ärger. »Seid ihr denn verabredet?« Katrin wusste nichts davon. Normalerweise stimmte er solche Dinge immer mit ihr ab.

»Zum Eis essen«, nickte Sophie lapidar. »Also – darf ich?«

»Natürlich darfst du.« Katrin küsste die Tochter auf die Wange. Morgen würde sie Peter den Kopf waschen. Er pflegte sich die Zeit, in der er seine Tochter traf, selbst auszusuchen. Katrin betrat kurz die fast quadratische, dunkle Küche und blickte durch das Fenster hinaus in die Nacht. Es regnete immer noch. Fröstelnd entschied sie sich für eine wasserdichte Jacke. Im Flur des kleinen Hauses angekommen, angelte sie nach dem Autoschlüssel, der am Brett hing. Bevor sie die Tür öffnete, warf sie einen letzten, prüfenden Blick in den Spiegel im Flur. Sie sah eine hübsche, vierzigjährige Frau mit blonden Locken und blauen, leuchtenden Augen. Wie sie fand, hatte sie in den letzten Wochen ein wenig zugelegt, aber vielleicht würde sie ja doch dem Fitnessstudio mal wieder einen Besuch abstatten, wenn es die knappe Zeit erlaubte. Eigentlich war sie mit sich zufrieden. Bei ihrem Aussehen war es ein Wunder, dass Katrin noch alleine war. Allerdings war in ihrem Leben zurzeit gar kein Platz für eine feste Beziehung. Job und Tochter bestimmten Katrins Leben, und solange sich das nicht änderte, wollte sie es auch dabei belassen. Nach ihrer Trennung von Peter hatte Katrin sich entschlossen, das Hinterhaus in Wichlinghausen nicht aufzugeben. Sie liebte das Häuschen mit den typisch bergisch grünen Türen und Fensterläden. Die Schieferfassade verlieh dem kleinen Haus aus dem Jahr 1761 einen nostalgischen Touch. Außerdem war Sophie hier aufgewachsen.

Ihre Tochter war ihr bis in den kleinen Flur gefolgt. »Danke, Mom.« Sophie stellte sich auf die Zehenspitzen und umarmte die Mutter. »Dann mach's gut.«

»Mach's besser!« Katrin zog die Tür hinter sich zu. Sekundenlang stand sie nachdenklich auf dem kleinen, verwinkelten Hinterhof unweit des Wichlinghauser Marktes. Gedämpft drang der Straßenlärm an ihre Ohren. Die vierzigjährige Kommissarin schlug den Kragen ihrer dunklen Jacke hoch. Der Regen hatte ein wenig nachgelassen. Dennoch pfiff ein eisiger Herbstwind um die Ecken der Häuser und trieb das Laub der Bäume vor sich her. Manchmal hasste sie ihr Leben. Sie musste einfach funktionieren, Tag und Nacht für den Job auf Stand-by sein. Das alles wäre nicht so schlimm, wenn da nicht die Tatsache wäre, dass Peter sich eine Geliebte gesucht hatte, weil Katrin Tag und Nacht gearbeitet hatte und sowohl das Familien- als auch das Liebesleben völlig auf der Strecke geblieben war. Und es wäre sicherlich erträglicher gewesen, wenn Sophie nicht so oft alleine wäre. Aber wie so oft, fragte auch an diesem Samstagabend niemand nach dem Privatleben der Kommissarin Katrin Kramer.

Ihr Polo parkte vor dem Schreibwarengeschäft mit der wunderschönen Fassade an der Oststraße.

Missmutig klemmte Katrin sich hinter das Steuer ihres Wagens und startete den Motor. Die Tatsache, dass Sophies Freundin Franka heute bei ihr übernachtete, war nur ein schwacher Trost. Trotzdem wusste sie, dass sie sich auf die beiden Mädchen verlassen konnte. Sie stellten keinen Blödsinn an und öffneten niemandem die Tür.

Da die Autoscheiben bei dem nasskalten Wetter sofort beschlugen, schaltete sie das Gebläse ein. Um diese Zeit herrschte nicht viel Verkehr. Nach wenigen Metern im Schritttempo erreichte sie die rote Ampel am Wichlinghauser Markt. Schräg gegenüber leuchtete die gelbschwarze Leuchtreklame der Stadtbibliothek durch die graue Suppe. Die Ampel sprang auf Grün um. Katrin schaltete das Autoradio ein, während sie nach links in die Wichlinghauser Straße abbog. Um halb neun drehte sie das Radio lauter, da bei Radio Wuppertal die Lokalnachrichten liefen. Ihre schlimmste Befürchtung traf nicht ein – die Medien hatten von dem Mord in der Kirche noch keinen Wind bekommen. Als sie die Berliner Straße erreicht hatte, etwa auf Höhe des Wupperfelder Marktes, wurde der

Regen von einer Sekunde zur anderen stärker, fast so, als hätte jemand zusätzliche Schleusen geöffnet. Katrin fröstelte. Der Herbststurm peitschte die Wassermassen gegen die Windschutzscheibe, und die Scheibenwischer kämpften vergeblich gegen die dicken Tropfen an. Es war erst Anfang Oktober, aber das Wetter erinnerte an tiefsten November.

Obwohl es Samstagabend war, waren bei diesem Sauwetter nur wenige Nachtschwärmer unterwegs. Katrin sehnte sich nach ihrem gemütlichen Hausanzug, nach der Couch, einem guten Wein und nach einer Auszeit in einem gut duftenden Schaumbad. An der Friedrich-Engels-Allee tauchte links das quaderförmige Gebäude des Polizeipräsidiums auf. In nur wenigen Fenstern brannte Licht. Sie überlegte, ob sie kurz ins Büro gehen und sich von der Fahrbereitschaft einen Dienstwagen geben lassen sollte, entschied sich aber dagegen und fuhr weiter. Sie wollte keine unnötige Zeit verlieren. Die Tanknadel schob sich bereits bedenklich in den roten Bereich der Anzeige. Während sie den Polo in Richtung Elberfeld steuerte, überlegte sie, wer Interesse daran gehabt haben könnte, den Küster einer katholischen Kirche kaltblütig zu ermorden. Sie überlegte, ob es in einer Kirche Gegenstände gab, die einen Raubmord rechtfertigten. Nein, korrigierte sie sich selbst. Nichts auf der ganzen Welt rechtfertigte einen Mord. Was gab es in einer Kirche schon zu holen? Vielleicht einige Skulpturen und Gemälde; von einem befreundeten Theologiestudenten hatte sie einmal erfahren, dass die Messbecher und ähnlicher Goldkram nicht aus purem Gold waren, wie viele Menschen noch immer vermuteten. Diese Gegenstände waren lediglich mit Messing »vergoldet« und hatten nur einen relativ geringen Materialwert. Ob das der Mörder auch gewusst hatte? Die Idee, dass der Küster wegen einer Kollekte ermordet worden sein könnte, gefiel ihr jedenfalls nicht sonderlich.

Nachdem sie kurz vor dem Döppersberg nach rechts in die Gathe abgebogen war, durchfuhr sie den mächtigen Überbau der City-Arkaden. Die letzten Einkäufer waren soeben auf dem Heimweg, und rund um die Elberfelder City wurden die Straßen ein wenig voller. Als sie den Berg der Hochstraße hinauffuhr und rechts in die Ludwigstraße abbog, sah sie nach wenigen Metern schon Blaulicht durch die Dunkelheit geistern.

Vergeblich suchte sie einen Parkplatz in der Nähe der Kirche, die wie ein mächtiges Bollwerk inmitten der Nordstadt in den wolkenverhangenen Herbsthimmel ragte. Wie zu erwarten war, hatten sich bei dem Großaufgebot der Streifenwagen bereits zahlreiche Schaulustige eingefunden. Katrin seufzte. Sie mochte es nicht sonderlich, wenn ihre Arbeit durch Neugierige erschwert oder gar behindert wurde. Selbst mit dem kleinen Polo war es nicht leicht, einen freien Parkplatz zu ergattern. Schließlich parkte sie den Wagen an der Ecke Ludwig-/Georgstraße. Die Kollegen vom Streifendienst hatten ihre Fahrzeuge einfach kreuz und quer geparkt. Mit einem süffisanten Grinsen auf den Lippen überlegte Kramer, wie viele Strafzettel wohl geschrieben worden wären, wenn dies Privatfahrzeuge gewesen wären.

Katrin blickte an der Kirche empor. Es war ein imposantes Backsteingebäude mit einem spitz zulaufenden Turm. Die Fenster in der Turmspitze waren erleuchtet. Ein gusseiserner Zaun führte einmal um den Kirchhof herum. Die Eingänge waren mit Absperrband für normalsterbliche Menschen unzugänglich gemacht worden. Katrin kletterte über das rotweißschraffierte Band mit der Aufschrift »Polizei-Absperrung« und wies sich bei einem jungen, uniformierten Polizisten aus, den sie flüchtig kannte. Der junge Mann ließ sie passieren. Zunächst umrundete Katrin die Kirche und versuchte, sich jedes Detail einzuprägen. Rechts gab es ein mehrstöckiges Backsteingebäude, in dem anscheinend das Pfarramt untergebracht war. Über dem Erdgeschoss hatte man Mietwohnungen angelegt. Neben dem Eingang zum Amt gab es eine weitere Tür, die wie eine ganz normale Haustüre aussah. Es gab eine Lampe über dem Eingang und ein Namensbrett mit den dazugehörigen Klingelknöpfen. Alles hier wirkte wie ein ganz normales Miethaus, das wohl nur zufällig an den Pfarrhof grenzte. Katrin nahm sich vor, die Bewohner der Wohnungen später zu befragen und richtete den Blick nach rechts. Fast genau gegenüber der Haustüre gab es im Hautgebäude der Kirche eine Tür, vermutlich ein Nebeneingang. Außerdem hatte sie bei ihrem Rundgang festgestellt, dass es neben dem Haupteingang der Kirche seitlich noch weitere Eingänge gab, die jedoch verschlossen waren. Demnach musste der Mörder durch den Haupteingang im hinteren Teil der Kirche ins Innere gelangt sein.

»Ah, die Frau Kollegin.«

Kramer fuhr auf dem Absatz herum und blickte in das markante Gesicht von Karl Brauer. Wie sie war er Kriminalkommissar bei der Mordkommission und hatte an diesem Abend Bereitschaft. Die beiden hatten in anderen Fällen schon recht erfolgreich als Team gearbeitet, doch nach der Scheidung von seiner Frau Barbara hatte Brauer sich zu seinem Nachteil verändert. Er hatte mit dem Trinken begonnen und war zu einem Choleriker geworden. Vermutlich war er nie über die Trennung von Barbara hinweggekommen. Katrins Versuche, mit ihm über seine privaten Probleme zu sprechen, waren stets erfolglos verlaufen. Brauer war introvertiert und hatte einen unsichtbaren Schutzwall um sich herum errichtet. Karl war Ende dreißig und litt sehr unter seinem altmodischen Vornamen, für den er seine Eltern hasste. Sein dunkles Haar war von einzelnen silbrigen Fäden durchlaufen. Er war von kräftiger Statur, auch wenn er in den letzten Monaten ein paar Kilo zugelegt hatte, was sicherlich daran lag, dass er sich als unfreiwilliger, aber frisch gebackener Junggeselle zu oft von Fast Food ernährte. Brauer trug leichte Lederschuhe, modische Jeans, ein Hemd und darüber eine wetterfeste Jacke.

»Hab ich dir den Mist hier zu verdanken?«, fragte Katrin anstatt eines Grußes. Sie ließ den Blick über den Kirchhof schweifen, der von zahlreichen leistungsstarken Scheinwerfern erhellt wurde.

»Ich fürchte, ja.« Brauer machte ein betroffenes Gesicht. »Ehrlich gesagt, wollte ich einfach, dass du dir selbst ein Bild von der Lage machst.«

»Schönen dank auch«, lächelte Katrin. »Seit Wochen freue ich mich auf einen freien Samstag, auf einen Abend in Schlabbersachen, mit Chips, Wein und einen romantischen Film im Fernsehen. Hat auch alles geklappt – bis das Telefon klingelte.«

»Tut mir leid.«

»Schon gut.« Katrin lächelte. »Demnächst zieh ich den Stecker aus dem Apparat.« Dann wurde sie ernst. »Wo ist der Tote?«

»Liegt noch in der Kirche.« Brauer deutete mit dem Daumen über die Schulter. »Die Jungs von der Spurensicherung kümmern sich bereits um ihn.« Er grinste schief und führte Katrin um die Kirche herum zum Haupteingang.

»Und der Rechtsmediziner?«

»Nicht da, muss ja auch nicht. Nachdem der Notarzt ›Todesursache unbekannt‹ auf dem Totenschein angekreuzt hatte, war er auch schon wieder von der Bildfläche verschwunden. Den Rest machen die Kollegen von der Rechtsmedizin in Düsseldorf.«

»Hm.« Manchmal gingen ihr die Sparmaßnahmen des Innenministeriums gewaltig auf die Nerven. Katrin hätte gern jetzt und hier das Urteil eines Fachmannes gehört. Jetzt musste sie wohl auf das Ergebnis der Obduktion warten. Manchmal dauerte es Tage, bis sie den Bericht auf dem Schreibtisch hatte.

Karl Brauer öffnete die schwere Holztüre und führte die Kommissarin in die Kirche. Es war eine skurrile Szenerie: In einem Haus, in dem sonst heiligen Messen gefeiert wurden, in dem sich Menschen einfanden, um friedlich beieinander zu sein, lag ein Toter, kaltblütig ermordet. Neben der Herz-Jesu-

Statue befand sich eine Inschrift. »Mensch, du bist willkommen« stand dort.

Ob das auch für den Mörder gegolten hatte?, überlegte Katrin in einem Anflug von Galgenhumor und wandte sich zu Brauer um. »Fehlt denn etwas?«

»Nein.«

»Dann können wir die Theorie mit dem Raubmord gleich wieder vergessen«, erwiderte Katrin. Sie sog den süßlichen Duft von Weihrauch in die Nase ein und erinnerte sich unwillkürlich an ihre Zeit als Messdienerin in St. Michael an der Leipziger Straße. Die zuckenden Flammen der Kerzen wurde vom grellen Licht der aufgestellten Scheinwerfer überrollt. Männer und Frauen in weißen Einmalanzügen wieselten durch die Kirche. Die Spurensicherung hatte also bereits ihre Arbeit aufgenommen. Ein Fotograf lichtete den Toten ab, der mit weit aufgerissenen Augen anklagend zur hohen Decke hinaufstarrte. Als die Kollegen die Kommissarin erkannten, nickten sie ihr zu. Katrin ging neben dem Toten in die Hocke und betrachtete ihn. In Höhe der Brust klaffte eine dunkelrote Wunde. Die Kleidung des Opfers war blutgetränkt.

»Klaus Gerber, neunundsechzig Jahre. Seit dreißig Jahren war er der Küster von Herz Jesu«, informierte Brauer. »Der Mörder hatte leichtes Spiel mit ihm und konnte ihn aus kürzester Distanz erschießen. Sieh dir mal diesen Einschuss an!«

»Wer hat ihn gefunden?« Katrin blickte zu Brauer auf.

»Hans Tütering, er ist der Pfarrer von Herz Jesu. Er steht unter Schock und befindet sich drüben im Pfarramt. Die Kollegen kümmern sich bereits um ihn.«

»Ich werde ihn später befragen«, erwiderte Katrin. Sie erhob sich und betrachtete Gerber aus einiger Entfernung. »Wie oft wurde geschossen?«

»So wie es aussieht, nur einmal, dafür aber aus nächster Nähe«, sagte Jacobs von der Spurensicherung und bestätigte so Brauers Vermutung. Peter Jacobs war Anfang dreißig und von schlaksiger Statur. Seine graublauen Augen funkelten Katrin durch die dünnen Gläser einer Brille an.

Sie blickte nach oben, zur hohen Decke der Kirche. »Ich kann mir vorstellen, dass ein Schuss hier drinnen schallt wie ein Kanonenschlag. Wir befinden uns hier in einem dicht besiedelten Wohngebiet. Gab es niemanden, der etwas gehört oder gesehen hat?«

Brauer schüttelte den Kopf. »Nichts dergleichen. Vermutlich hat er eine Waffe mit Schalldämpfer benutzt und ist unbemerkt entkommen. Die Kollegen von der Streife haben die Leute aus der direkten Nachbarschaft bereits befragt.«

»Ich frage mich eines: Wenn der Täter Gerber doch aus nächster Nähe erschossen hat, warum hat das Opfer dann nicht versucht zu flüchten? Kannte er den Täter und hat nicht damit gerechnet, dass von ihm Gefahr ausgeht?«

Schulterzucken. »Das herauszufinden, ist Ihre Aufgabe, Frau Kollegin«, murmelte Jacobs. »Ich werde den Bericht noch heute Nacht fertigstellen.«

Katrin nickte. Sie durchquerte die Kirche, ging zurück zum Haupteingang. Von hier bis zum Altar waren es gut dreißig Meter. Wenn der Küster sich am Altar aufgehalten hatte, dann hatte er genügend Zeit gehabt, den Mörder zu bemerken und zu flüchten. Warum hatte er keinen Fluchtversuch unternommen? Diese Frage hämmerte in ihrem Kopf. Im nächsten Moment wurde die Tür geöffnet, und die dunkel gekleideten Männer vom Bestattungsinstitut trugen einen einfachen Zinksarg in die Kirche. Sie nickten der Kommissarin zu und näherten sich dem Altar, wo sie nach einem kurzen Gespräch den Toten in den Sarg betteten. Kramer hatte schon oft in skurrilen Mordfällen ermittelt und viel erlebt, aber ein Mord in einer Kirche, in Gottes Haus, wie es so schön hieß, trug doch eine andere Handschrift. Sie ahnte, dass sie das Wochenende endgültig vergessen konnte.

21.15 Uhr, Uellendahler Straße

»Komm schon, du siehst gut genug aus!«, kicherte Jenny, als sie hinter Susanne im Bad erschien.

Susanne schaltete den Fön ab, hängte ihn an den Haken an der Wand und überprüfte ein letztes Mal ihr Make-up im Spiegel. Die junge Frau zupfte sich einzelne Strähnen ihres rotblonden Haars zurecht. »Meinst du?«, lachte sie und betrachtete die Freundin im Spiegel. Susanne trug ein knapp geschnittenes, schwarzes Top mit dünnen Trägern, das ihre Oberweite gut betonte. Ein silbernes Kettchen zierte ihr Dekollete. Dazu trug sie einen kurzen Rock, Strümpfe und kniehohe, schwarze Stiefel. Sie hatte ein betörendes Parfüm aufgelegt. Heute Nacht würde sie nicht alleine bleiben, soviel stand fest. Sie befand sich in einem eigenartigen Taumel der Erregung.

»Na, bei dir ist doch mal wieder das Jagdfieber ausgebrochen«, bemerkte Jenny und grinste die Freundin vielsagend an.

»Und wenn schon? Was Männer können, das können wir auch!«

»Da hast du recht.« Jenny klimperte bezeichnend mit dem Autoschlüssel. »Wenn wir vorher noch etwas trinken gehen wollen, dann sollten wir aber langsam mal zu Potte kommen.«

»Bin schon soweit«, nickte Susanne und schaltete das Licht über dem Badezimmerspiegel aus. »Wenn ich mir dein Outfit ansehe, dann glaube ich aber auch, dass du heute auf die Jagd gehst.«

Jenny war einen Kopf kleiner als ihre Freundin, untersetzt, aber nicht dick. Sie hatte eine sehr frauliche Figur, wie Susanne es immer nannte: Jede Kurve am rechten Fleck, und ein sehr hübsches Gesicht. Jenny trug eine eng anliegende Jeans, ein Shirt mit tiefem Ausschnitt und hochhackige Pumps, die ihre Beine länger wirken ließen. Jenny hatte pfiffig geschnittene, kurze, schwarze Haare.

»Na, das kann aber auch täuschen«, lachte Jenny jetzt. »Ich will nur neben meiner paarungsbereiten Freundin nicht wie ein graues Mäuschen aussehen.« Dafür erhielt sie einen Knuff in die Seite. Lachend verließen sie die Wohnung. Jennys rostiger Peugeot stand auf der anderen Straßenseite.

»Wohin?«, fragte Jenny, nachdem sie eingestiegen waren.

»Schlag was vor.«

»Extrablatt? Café Gaudi? Oder mal wieder zum Fischertal?«

»Mit egal. Fahr einfach.« Susanne legte die Beine übereinander. »Übrigens war da heute so ein Typ bei mir an der Kasse«, plauderte sie, während Jenny den Wagen durch die nächtlichen Straßen fuhr. Der Regen hatte zwar endlich nachgelassen, aber das Licht der Straßenlaternen und der entgegenkommenden Fahrzeuge spiegelte sich tausendfach auf dem nassen Asphalt. In Schlaglöchern hatten sich Pfützen gebildet. »Ein Typ kommt zu dir an die Kasse? Das kann ich mir ja gar nicht vorstellen«, kicherte Jenny. »Schieß los – hast du ihn angemacht?«

»Unsinn.« Susanne schüttelte den Kopf. »Er ist Kunde im Supermarkt. Seit einiger Zeit kommt er fast jeden Tag – meistens an meine Kasse.«

»Der ist scharf auf dich, klarer Fall«, stellte Jenny feixend fest. »Angel ihn dir, wenn er dir gefällt!«

»Nein, mit Kunden fange ich nichts an, das kann böse enden.«

»Als ob dich das stören würde«, konterte Jenny, ohne den Blick von der Straße abzuwenden. »Aber mach es nicht so spannend.«

Susanne berichtete der Freundin von dem Kunden, der sie eingeladen hatte, den gekauften Alkohol mit ihm gemeinsam zu vernichten.

»Und da zögerst du?«, fragte Jenny kopfschüttelnd. »Ran an die Buletten – wenn er doch so nett ist und so gut aussieht!«

»Na ja, vielleicht überleg ich es mir ja noch mal«, murmelte Susanne mit einem vielsagenden Lächeln auf den Lippen.

21.30 Uhr, Pfarramt Herz Jesu

»Und Sie sind sicher, dass nichts in der Kirche fehlt?« Katrin Kramer musterte ihr Gegenüber eindringlich. Pfarrer Tütering war Gemeindepfarrer der beiden Kirchen Herz Jesu und Christ König. Tütering trug eine Brille, war schlank, einen Meter achtzig groß und hatte graues aber dichtes Haar. Katrin schätzte den Geistlichen auf sechzig Jahre. Wie sie von Brauer erfahren hatte, war es der Pfarrer gewesen, der den Toten aufgefunden hatte. Nach einem Termin wollte er noch kurz im Büro einige Unterlagen abholen und hatte sich gewundert, dass in der Kirche nebenan noch das Licht brannte. Er war in die Kirche gegangen und hatte den toten Gerber unmittelbar vor dem Altar gefunden. Da war Gerbers Leichnam schon kalt und starr gewesen, hatte der Geistliche berichtet. Wie unter einer schweren Last leidend, so hockte er nun zusammengesunken in seinem Stuhl hinter dem alten, hölzernen Schreibtisch, auf dem sich Aktenberge und Bücher stapelten.

Katrin blickte sich aufmerksam im Pfarrbüro um. Eine Wand wurde fast komplett von Regalen eingenommen, die unter der Last zahlloser Bücher zu ächzen schienen. Offenbar war der Pfarrer ein belesener Mann. Am Fenster stand Tüterings Schreibtisch, davor zwei einfache Besucherstühle. Die Haube seines Computermonitors hatte der Pfarrer mit einer Staubschutzhülle abgedeckt. Vermutlich benutzte er den Rechner nicht allzu oft. Karl Brauer hockte auf einer der beiden breiten Fensterbänke mit dem Rücken zum Kirchhof. Er musterte den Geistlichen eindringlich und nagte auf seiner Unterlippe.

»Nein«, brach Tütering jetzt das Schweigen. »Es fehlt absolut nichts. Alle Gemälde und Skulpturen befinden sich nach wie vor an ihrem Platz.«

»Was ist mit der Kollekte?«, fragte Katrin.

»Sie ist nicht entwendet worden, wohl auch nicht teilweise. Es waren keine fünfzig Euro heute Abend. Ein Dieb stiehlt sich selten reich, so lautet ein Zitat – von wem auch immer.«

Kramer warf Brauer einen vielsagenden Blick zu. Siehst du, sollte das heißen, niemand hat es auf die Kollekte abgesehen.

»Ihr Küster ist seit rund zwei Stunden tot, das wissen wir von dem Notarzt, der die erste Leichenschau durchführte«, wechselte Brauer rasch das Thema und wich Katrins Blicken aus.

Tütering warf einen Blick auf die Wanduhr. »Dann muss der Mörder ihn unmittelbar nach der Messe erwischt haben«, murmelte er und starrte auf die glänzenden Spitzen seiner schwarzen Lederschuhe.

»Sie meinen, dass der Mörder die Messe besucht haben könnte?«, hakte Katrin nach und ließ sich in einen der beiden Besucherstühle sinken.

Der Geistliche zuckte die Schultern. »Möglich ist alles.«

»Könnten Sie sich vorstellen, dass es sich bei dem Mörder um ein Gemeindemitglied handelt?«

»Nein«, sagte Tütering hastig. »Ich kenne die Leute schon ziemlich lange. Unter ihnen befindet sich sicherlich kein Mörder.«

»Vielleicht haben Sie ein neues Gesicht gesehen?« Katrin ließ nicht locker.

»Vom Altar aus kann ich nicht jede Person in den Bänken erkennen. Wenn sich ein Fremder weiter hinten aufgehalten hat, mag es sein, dass er bereits während der Messe in der Kirche war.«

»Und warum hat Gerber ihn dann nicht bemerkt und angesprochen?«, fragte Brauer und runzelte die Stirn.

»Nachdem die Kirche leer ist, schaltet er die Orgel aus und kümmert sich um die Nachbereitung der Messe. Deshalb war er wohl auch noch in der Kirche, als der ... der ... Mörder ihn erwischte.« Tütering schüttelte den Kopf, als könnte er seine eigenen Worte nicht begreifen. Er barg das Gesicht in den Händen.

Katrin blickte zu ihm auf. »Möglicherweise hat er die Kirche mit den anderen Gästen verlassen und ist zurückgekehrt, nachdem die Kirche leer war.«

»Leer ... bis auf ... bis auf Herrn Gerber«, fügte Tütering mit leiser Stimme hinzu. Seine Augen schimmerten feucht. Katrin und Brauer sahen ihm an, dass der Tod des Küsters ihm sehr nahe ging.

»Das würde bedeuten, dass er Herrn Gerber ganz gezielt alleine antreffen wollte«, überlegte Katrin und spielte mit einer blonden Locke. »Wie war Herr Gerber? Können Sie sich vorstellen, dass er Feinde hatte?«

»Ein netter und hilfsbereiter Mensch. Zu allen freundlich und zuvorkommend. Nein, ich kann mir nicht vorstellen, dass er einen Feind hatte.«

»Wie war sein privates Umfeld? Freunde, Familie?« Brauer lehnte wieder an der Fensterbank.

»Freunde? Familie?« Der Pfarrer dachte kurz nach, dann huschte ein mattes Lächeln über seine Lippen. »Die Gemeinde war seine Familie und sein Freundeskreis gleichermaßen. Er ist in seiner Arbeit als Küster aufgegangen. Ansonsten lebte er sehr zurückgezogen.«

Katrin zückte einen Notizblock und ließ sich die Anschrift von Klaus Gerber nennen. Er hatte neben der Kirche Christ König die Küsterwohnung bewohnt, einer Kirche, die nach den Angaben des Pfarrers ebenfalls zum Gemeindeverband gehörte. Der Wohnung würden sie einen Besuch abstatten. »Lebte er alleine?«, fragte sie dann.

Tütering berichtete mit knappen Sätzen davon, wie Gerber vor einiger Zeit seine Frau verloren hatte, die er über alles liebte. Außer einer Tochter, zu der er kaum Kontakt pflegte, gab es keine weiteren Angehörigen. »Herr Gerber war ein absolut integrer Mann«, schloss der Pfarrer schließlich seine Ausführungen und lehnte sich in seinem Bürostuhl zurück. Sein Atem ging flach. Den Schreck, Gerber tot aufgefunden zu haben, würde er so schnell nicht verdauen.

»Eine erste Leichenschau in meiner Kirche ...«, sagte er leise und blickte zu Brauer auf. »Das hört sich so widersprüchlich an. Mord in einem Gotteshaus – mein Gott, was muss noch geschehen, bis ...«

»Bis was?« Katrin erhob sich und runzelte die Stirn.

»Die Hemmschwelle für ein Verbrechen sinkt immer weiter«, erwiderte Tütering nachdenklich. »Man ist an keinem Platz der Welt mehr sicher. Noch nicht einmal in der Kirche.«

»Unserem Mörder scheint es egal zu sein, wo er tötet«, brummte Brauer verbittert. »Haben Sie einen Verdacht, wer so etwas tun könnte?«

»Diese Frage habe ich mir, seitdem ich Herrn Gerber fand, schon mehrmals gestellt – leider vergeblich«, erwiderte Tütering.

»Dann werden wir jetzt mit dem eigentlichen Teil unserer Arbeit beginnen«, erklärte Katrin und zog eine Visitenkarte aus der Tasche ihrer Jeansjacke. »Hier«, sagte sie und reichte sie dem Pfarrer, der das Kärtchen an sich nahm und eindringlich studierte. »Da steht meine Nummer drauf – auch die Handynummer. Zögern Sie nicht mich anzurufen, wenn Ihnen noch etwas einfällt.«

Der Pfarrer erhob sich nickend, ließ die Visitenkarte in der Tasche seines schwarzen Jacketts verschwinden und begleitete die Kripobeamten nach draußen. »Was ist morgen?«

Brauer und Katrin blickten ihn fragend an.

»Morgen um halb zwölf ist heilige Messe«, erinnerte Pfarrer Tütering mit einem verzeihenden Lächeln. »Kann ich die Messe halten?«

»Oh«, nickte Brauer schnell und grinste schief. »Die Kollegen sind mit der Spurensicherung durch. Es spricht nichts dagegen, dass Sie die Messe morgen halten können.«

»Danke.« Tütering seufzte erleichtert.

»Eine Frage noch«, sagte Katrin, als sie schon an der Tür des Pfarramtes standen und ein kalter Nachtwind ins Haus fegte. »Wo waren Sie in der Zeit zwischen der Messe und dem Auffinden des Toten?«

»Darüber möchte ich nicht sprechen«, erwiderte Tütering eilig. Sein Gesicht hatte eine tiefrote Färbung angenommen. »Oder bin ich zu einer Aussage verpflichtet?«

»Noch nicht«, erwiderte Katrin.

Der Pfarrer schien erleichtert zu sein. Der Ansatz eines Lächelns erhellte sein Gesicht. »Danke«, sagte er. »Nur soviel: Ich habe ein hieb- und stichfestes Alibi für die Tatzeit.«

»Und?«, fragte Brauer mit hochgezogenen Augenbrauen, als sie draußen waren. Die Kollegen von der Spurensicherung waren inzwischen abgerückt. Jetzt lag die Kirche dunkel da. Nichts deutete mehr darauf hin, dass hier ein Mensch ermordet worden war.

»Was – und?« Katrin schlug den Kragen ihrer Jacke hoch.

»Glaubst du ihm?« Karl Brauer deutete mit dem Daumen über die Schulter nach hinten, wo sich das Pfarramt von Herz Jesu befand.

»Karl, bitte – er ist Pfarrer.«

»Bedeutet das, dass er nicht in der Lage ist, einen Menschen zu töten?« Brauer grinste und steckte die Hände in die Hosentaschen.

»Jeder kann ein Mörder sein, aber ich glaube, wir sollten erst einmal anderen Zeitgenossen auf den Busch klopfen.« Sie schüttelte den Kopf. »Komm, es gibt viel zu tun.«

»Packen wir's an«, zitierte Brauer mit einem gedehnten Seufzer auf den Lippen einen alten Werbeslogan und folgte der ehrgeizigen Kollegin.

22.20 Uhr, Börse, Wolkenburg

Die Tanzfläche füllte sich langsam. Bei zahlreichen Besuchern war der Alkoholpegel in den letzten Stunden kontinuierlich angestiegen, und nachdem sich auch die schüchternen unter den Besuchern genug Mut angetrunken hatten, um sich mitten auf der Tanzfläche zum Gespött der halbwegs nüchternen Zuschauer zu machen, bildeten sich die ersten Pärchen. Spätestens bei »White Flag« von Dido würden sich die frischen Paare auch körperlich näher kommen. Gerade hallte »Rhythm Of The Night« durch den blauen Saal, und einige Tänzer bewegten sich ekstatisch zu den stampfenden Rhythmen von Corona.

Susanne und Jenny hatten es sich an einem der Stehtische am Rand der Tanzfläche gemütlich gemacht und beobachteten das bunte und teils peinliche Treiben aus sicherer Entfernung. Die jungen Frauen brauchten nicht auf die männlichen Gäste zuzugehen – meist traten die Herren der Schöpfung an ihren Tisch, um mit mehr oder minder dummen Sprüchen um die Gunst der beiden zu werben.

»Das ist ja heute die reinste Freak-Show«, schrie Jenny gegen die laute Musik aus den großen Lautsprechern an, als sich ein muskulöser Mittdreißiger mit schütterem Haar nach einer Abfuhr der beiden trollte. Zu Ultravox und »Dancing With Tears In My Eyes« schob er sich beleidigt weiter und baggerte am Nebentisch die nächsten Mädchen an. Hier schien er mehr Erfolg zu haben. Er spendierte den beiden ein Bier, das sie mit einem Strohhalm schlürften. Jenny warf ihrer Freundin einen vielsagenden Blick zu und tippte sich bezeichnend an die Schläfe.

Susanne nickte und freundete sich schon mit dem Gedanken an, heute Nacht doch allein nach Hause zu gehen. Im nächsten Augenblick baute sich ein Hüne an ihrem Tisch auf. Er trug ein betont jugendliches Hemd zu Jeans und Slippern, die in den späten Achtzigern modern gewesen waren. Sein Haar war dicht und wellig. Unter den Achseln erkannten die Frauen dunkle Schweißränder. Dass er betrunken war, bemerkten sie nicht nur an seinem unsicheren Gang, sondern auch an seiner schweren Zunge. »Na – auch hier?«, lallte er und grinste anzüglich. Er legte anzüglich einen Arm um Susanne. Sie schüttelte ihn mit einer geschmeidigen Bewegung ab und erntete dafür ein Kopfschütteln.

Jenny neben ihr begann, in ihrer kleinen Handtasche zu wühlen. Dann zog sie ihren Personalausweis hervor, studierte ihn und nickte schließlich. »Ja«, sagte sie und grinste den Hünen an. »Ich bin es wirklich.«

»Ich bin Kurt.« Jennys Ironie schien an ihm abzuprallen. Er hielt seiner neuen Eroberung die Hand hin, doch das übersah Jenny.

»Tanzt du?«

»Nee, ich sitze hier gerade.« Jenny warf ihrer Freundin einen Hilfe suchenden Blick zu, den Susanne nur mit einem Schulterzucken beantwortete. Ich hab's dir ja gesagt, den hättest du ignorieren müssen, sollte das bedeuten. Doch zu spät. Kurt sah eine reelle Chance, mit Jenny anzubändeln. Er kicherte blöde über ihren Witz. »Der war gut«, lallte er mit schwerer Stimme und wandte sich um, damit er das Geschehen auf der Tanzfläche besser beobachten konnte. Dabei verlor er das Gleichgewicht. Seine Augen wurden groß wie Untertelier, er klammerte sich mit der schweißnassen Hand am Rand des Stehtisches fest. Der Tisch kippte beinahe um. Die kleinen Bierflaschen von Jenny und Susanne fielen scheppernd um. Das Bier breitete sich schnell auf dem runden Tisch aus und bildete einen nassen Fleck auf der Papierdecke.

»Himmel, schick Hirn zur Erde«, grollte Susanne und konnte gerade noch rechtzeitig verhindern, dass das Bier auf ihrem Rock landete.

»Mist«, murmelte Kurt sichtlich betroffen und wurde rot.

»Ist ja nichts passiert«, rief Susanne entnervt und hoffte, dass der Kerl bald verschwand.

Kurt grinste versöhnlich und richtete die umgekippten grünen Flaschen auf. Dass er sich dabei mit den Ärmeln in die Bierlache lehnte, schien ihn nicht sonderlich zu stören. Er beugte sich weit zu Susanne hinüber und rief ihr ins Ohr: »Ist ziemlich voll heute hier, was?«

Jenny, die trotz der hier herrschenden Lautstärke mitgehört hatte, grinste. »Dann hau du doch schon mal ab.«

Susanne gab sich Mühe, nicht laut loszulachen. Kurt indes zog einen Flunsch und machte eine wegwerfende Handbewegung, bevor er etwas von »blöde Hühner« brummte.

»Komm schon«, rief Susanne und zupfte an Jennys Shirt. »Weg hier.« Sie zog die Freundin eilig fort. Kurz darauf waren die Freundinnen im Getümmel verschwunden, und Kurt stand alleine an einem Stehtisch mit einer von Bier getränkten Papiertischdecke.

Heute Abend würde er feiern, soviel stand fest. Er hatte viel erreicht, und nicht nur das: Er hatte die Weichen gestellt. Morgen würden sie ihr blaues Wunder erleben. Es war ihm eine Genugtuung, ein Zeichen zu setzen. Er hatte es geschafft und war auf dem richtigen Weg. Und dieses Gefühl machte ihn stark. Es gab nur selten Abende, an denen er sich stark genug fühlte, alleine loszuziehen. Heute war so ein Abend.

Es dauerte ein paar Minuten, bis er die Schlange vor dem Eingang passiert hatte. Der Regen hatte nachgelassen, aber noch immer fegte ein eisiger Wind durch die Straßen. Dann war er im Eingangsbereich der Börse. Der schwarz gekleidete Türsteher hatte keine Einwände gegen sein Outfit gehabt. Sein Glück ...

Heute störte er sich auch nicht an den Menschenmassen, die die Börse aufsuchten, um ein paar unbeschwerte Stunden zu verbringen. Normalerweise bereiteten ihm diese Mengen Angst. Doch heute hatte er sich ein neues Shirt und eine modische Jeans angezogen, war frisch geduscht und rasiert. Natürlich hatte er schon etwas getrunken, aber nicht zu viel.

Niemand konnte ihm etwas anhaben. Er fühlte sich so gut wie schon lange nicht mehr. Er wollte die Nacht in vollen Zügen genießen.

Im Foyer war es brechend voll. An der Bar, die sich zu seiner Rechten befand, hatte sich eine Schlange gebildet. Das Personal hatte alle Hände voll zu tun, um die durstigen Kehlen mit Cola, Bier, Desperados und Cocktails zu versorgen. Von drinnen schallten ihm stampfende Rhythmen entgegen. Ein Zustand von unbeschreiblicher Erregung ergriff ihn. Da drinnen befanden sich Hunderte Frauen, die ein Abenteuer suchten, soviel stand für ihn fest. Genau das, was er heute brauchte. Leichte Beute für einen Mann wie ihn. Das breite Grinsen hatte sich in seinem runden Gesicht festgemeißelt, als er den blauen Saal betrat. Auf der sieben mal sieben Meter großen Tanzfläche herrschte bereits Gedrängel, doch die meisten Gäste waren gut gelaunt und tanzten im Takt der Musik, die aus der 20.000-Watt-Anlage ertönte.

Suchend stand er in der Tür und blickte sich um. Es dauerte nicht lange, bis er sie entdeckt hatte. Also hatte ihn sein untrüglicher Instinkt nicht getäuscht. Er hatte es einfach gewusst, dass sie heute Abend hier sein würde. Sie war mit einer Freundin da und unterhielt sich mit einem fetten Typen, der anscheinend schon betrunken war. Sekundenlang war das Grinsen aus seinem Gesicht verschwunden, bevor es zurückkehrte. Den Kerl würde er vertreiben, nahm er sich vor. Sie gehörte ihm, und sonst niemandem. Den besoffenen Kerl würde er zur Hölle jagen. Heute Nacht würde sie ihm gehören. Er spürte, wie die Hitze bei ihrem Anblick in seinen Schoß strömte.

Showtime, durchzuckte es ihn, während er noch einen Moment lang neben dem Eingang verharrte, um die Szenerie auf sich wirken zu lassen. Ein paar Mal wurde er von gutgelaunten Gästen angerempelt, aber das ignorierte er, so gut es ging. Irgendwo hatte er einmal gelesen, dass der blaue Saal für achthundert Personen zugelassen war. Vergeblich versuchte er sich daran zu erinnern, wann er zuletzt unter fast tausend Mitmenschen gefeiert hatte und ließ den Blick über die Anwesenden gleiten. Er schätzte, dass hier schon siebenhundert Menschen in Feierlaune waren. Er beschloss, sich zunächst mit einem Bier zu versorgen, bevor er sich ins Getümmel stürzte und zum Angriff überging.

Nachdem er ein paar Mal tief durchgeatmet hatte, machte er kehrt und kehrte ins Foyer zurück. Körperkontakt zu einigen Frauen ließ sich nicht vermeiden; es war zu voll hier, um gänzlich unberührt durch die Menge zu kommen. Doch er genoss die körperliche Nähe. Sie rochen alle so gut nach Parfüm. Durch die teils verboten dünnen Kleider spürte er ihre warme, weiche Haut. Genießerisch sog er die Luft tief ein. Dann stand er an der Bar und wurde vom Keeper nach seinem Wunsch gefragt. Freundlich orderte er ein Bier und bezahlte mit passendem Geld. An der Schlange wollte er den Verkehr nicht extra aufhalten. Nachdem er den ersten Schluck aus der Flasche getrunken hatte, kehrte er in den blauen Saal zurück. Jetzt würde ihn nichts und niemand mehr aufhalten.

Suchend blickte er sich um. Doch sein Opfer war wie vom Erdboden verschwunden. Wütend leerte er sein Bier mit einem tiefen Zug und stellte die leere Flasche mit einem lauten Knall auf einen der zahlreichen Stehtische. Die Leute, die den Tisch bevölkerten, blickten ihn verständnislos an, doch er ließ sich nicht stören. Erbost drängte er sich durch die Menge der ausgelassen feiernden und tanzenden Menschen. Immer wieder rempelte er Partygäste an und erntete zornige Blicke. Doch darauf konnte er jetzt keine Rücksicht nehmen. Er würde sie suchen und finden, soviel stand fest. Aus den Boxen dröhnte Status Quo mit »Whatever You Want«. Ja, er würde sich holen, was er wollte. Daran zweifelte er keine Sekunde.

23.05 Uhr, Ludwigstraße

»Der Alte wird stolz auf uns sein.« Brauer zwinkerte Katrin ironisch zu.

Sie schüttelte den Kopf und unterdrückte ein Gähnen. In den letzten Stunden hatten sie so gut wie nichts erreicht. »Er ist nie zufrieden, jedenfalls nicht, solange Gerbers Mörder frei herumläuft.« Hauptkriminalkommissar Franz Knittel war Leiter der Wuppertaler Mordkommission und als ein harter Hund über die Stadtgrenzen hinaus bekannt; unerbittlich, wenn sein Team keine Erfolge erzielte. Ein Kriminologe der alten Schule und ein ernstzunehmender Gegner für seine Feinde.

Sie standen fröstelnd auf dem Bürgersteig der Ludwigstraße und lehnten an Brauers Dienstwagen, einem unauffällig lackierten dunkelblauen Opel Vectra. Brauer rauchte. Als ein alter Mann in gebückter Haltung vorbeiging, der seinen Hund ein letztes Mal an diesem Abend ausführte, nahm er die Zigarette in die hohle Hand und wartete mit einer Antwort, bis der Alte außer Hörweite war. »Wir haben alle Bewohner des Wohnhauses am Kirchplatz befragt, haben teilweise sogar Anwohner der näheren Umgebung gefragt, ob ihnen etwas aufgefallen ist, und ...«

»... und dabei nichts erreicht«, bemste Katrin Brauers Euphorie. »Die letzten zwei Stunden hätten wir uns sparen können, Karl.« Katrin war frustriert. Sie war müde, sehnte sich nach ihrem kleinen Haus in Wichlinghausen und nach einem warmen, gemütlichen Bett. Sie hatten gemeinsam mit den Streifenpolizisten, die noch vor ihnen am Tatort eingetroffen waren, die Befragung der Anwohner durchgeführt. Etwas vage Angaben. Im Grunde genommen hatte niemand etwas gesehen, das zur Aufklärung des Falles hätte beitragen können. Eine alte Frau, die mit ihrem Hund unterwegs gewesen war, hatte einen großen, hünenhaften Mann gesehen, der zur vermuteten Tatzeit in Richtung Gathe verschwunden war. Sie konnte aber nicht sagen, ob der Mann wirklich aus der Kirche gekommen war.

Ein junger Mann, der im Hauseingang gegenüber der Kirche geraucht hatte, hatte einen gut 1,75 Meter großen, schlanken Mann mit dunklem Teint und schwarzen Haaren gesehen, vermutlich südländischer Abstammung. »Muss aber nichts zu heißen haben«, hatte er seine Aussage sofort eingeschränkt. »Ausländer gibt es in diesem Viertel mehr als Deutsche.« Dann war da noch der angetrunkene Endfünfziger, der einen großen, dunkelhaarigen Mann gesehen haben wollte, der sich auffällig eilig von der Kirche entfernt hatte. Fast zwei Meter groß, ein Kerl wie ein Baum, hatte er zu Protokoll gegeben. Immer wieder habe er sich umgeblickt, als hätte er Angst gehabt, verfolgt zu werden. Auf Katrins Frage, was er denn noch auf der Straße gesucht habe, hatte er lapidar geantwortet: »Ich war noch kurz zum Büdchen an der Ecke – Bier war alle.« Seine Alkoholfahne reichte beinahe aus, um Katrin ebenfalls betrunken zu machen.

Alles in allem hatte die Befragung der Anwohner also nicht viel gebracht. Große Männer und kleine, südländische Männer gab es wie Sand am Meer.

»Die Beschreibung des Großen haben wir von zwei Zeugen gehört«, überlegte Brauer nun. »Dunkle Haare, rund zwei Meter groß, breitschultrig. Er trug eine Jeans, einen dunklen Pulli und eine Lederjacke.«

»Bei der anderen Aussage trug er eine Jeansjacke zu einer hellen Baumwollhose und ein kariertes Hemd«, entgegnete Kramer. »Karl, das ist mir alles zu vage. Wahrscheinlich haben die Leute sogar unterschiedliche Beobachtungen gemacht.«

»Ich halte mich an jedem Strohhalm fest«, murmelte Brauer. »Vielleicht werden wir später noch mal darauf zurückkommen müssen.«

Normalerweise hätten sie jetzt noch zum Präsidium fahren müssen, um die Berichte aufzuarbeiten. Doch das würde

Brauer morgen übernehmen. »Lass uns Schluss machen für heute.«

Katrin hatte keine Einwände. Sie gähnte ungeniert. »Der Pfarrer sprach davon, dass Gerber eine Tochter hat, zu der er aber keinen Kontakt mehr hatte. Ich werde zu ihr fahren und sie befragen.«

»Wann – jetzt?« Brauer zog erstaunt die Augenbrauen hoch und blickte auf seine beleuchtete Armbanduhr.

»Unsinn. Morgen. Vielleicht hat sie einen Schlüssel zur Wohnung ihres Vaters, dann können wir uns den Schlüsseldienst und die Schreiberei sparen.« Sie grinste. »Und mit etwas Glück liegt uns morgen der Obduktionsbericht der Gerichtsmedizin vor.«

Brauer nickte stumm, zog ein letztes Mal an seiner Zigarette und warf den glühenden Stummel auf den nassen Asphalt. Es zischte leise, als er die Glut mit dem Absatz seiner Schuhe austrat. »Wir telefonieren.« Er drückte den Knopf der Zentralverriegelung des Vectra. Die Schlösser klickten vernehmlich. Er zog die Fahrertür auf und stieg ein. Nachdem er den Motor gestartet hatte, glitt mit leisem Surren die Seitenscheibe herunter. »Und – danke!«

Katrin stutzte. »Wofür?«

»Danke, dass du dir den Samstag mit mir versaut hast. Geteiltes Leid ist halbes Leid. Hast was gut bei mir, Frau Kollegin!«

»Darauf komme ich bestimmt zurück«, lächelte Katrin und beobachtete Brauer, wie er den Dienstwagen langsam die Ludwigstraße in Richtung Gathe heruntersteuerte.

Als die Rücklichter des Wagens verschwunden waren, blickte sie sich ein letztes Mal zur Herz-Jesu-Kirche um. Sie wusste, dass sie noch keine Ahnung hatte, in welcher Richtung sie ermitteln sollte, um Gerbers Mörder so schnell wie möglich zu stellen, und dieser Umstand stimmte sie unzufrieden. Doch Kramer war einfach zu müde, um sich darüber Gedanken zu machen. Brauer hatte recht gehabt, heute würden sie sicherlich nichts mehr erreichen. Frustriert marschierte sie zu ihrem Polo und trat den Heimweg an. Der Motor begann bereits zu stottern. Vielleicht hätte sie doch noch tanken sollen, dachte sie und schickte ein Stoßgebet zum Himmel, dass sie heute noch mit dem Wagen nach Hause kam. Und sie schimpfte auf die verdammten Ölmultis, die den Benzinpreis immer weiter in schwindelerregende Höhen trieben und Autofahren damit zu einem schier unerschwinglichen Luxus machten.

23.25 Uhr, Börse, Wolkenburg

»Lass uns verschwinden«, rief Jenny gegen die stampfende Musik an. Sie hatte keine Lust mehr, sich noch von irgendwelchen Typen plump anbaggern zu lassen.

Susanne nippte lustlos an ihrem Bier. Auch ihr war die Lust auf ein Abenteuer gründlich vergangen. »Ist nicht unser Tag, was?«, rief sie und leerte die Flasche. Nachdem sie ein paar Mal auf der Tanzfläche gewesen war, um sich auszutoben, hingen ihr die Haare strähnig ins Gesicht. Während Susanne wenigstens beim Tanzen ihren Spaß gehabt hatte, war Jennys Laune inzwischen im Keller angelangt. Sie zog eine Grimasse. »Nur Baggertypen heute. So plump, so besoffen, einfach widerlich.« Jenny hatte es eilig, die Party zu verlassen.

»Egal, Hauptsache, wir haben mal wieder das Tanzbein geschwungen«, erwiderte Susanne und stellte die leere Flasche auf einem Tisch ab. Als sie sich wieder umdrehte, um ihrer Freundin zu folgen, rannte sie in einen Fleischberg. Peinlich berührt wich sie zurück. Der Typ, den sie im Umdrehen angerempelt hatte, war zwei Meter groß und von stattlicher Natur. Er trug ein modisches Hemd und duftete ziemlich gut.

»'tschuldigung«, rief Susanne und blickte auf, als sie zwei starke Arme an den Schultern packten.

»Ist doch nichts passiert!« Er grinste.

»Du?« Susanne wurde prompt rot. »Bert – du hier?«

»Oh, hallo Ernie – warum denn nicht?« Er grinste sie jungenhaft an. »Die Welt ist ein Dorf, und überall trifft man sich. Das gilt erst recht für Wuppertal. Ist fast so wie damals in der Sesamstraße, was?« Jetzt blickte er suchend an ihr vorbei. »Wo sind denn dein Mann und deine Kinder, Ernie?«

Täuschte sie sich, oder lag da sanfter Spott in seiner Stimme? »Die habe ich heute Nacht zu Hause gelassen«, antwortete sie schlagfertig. »Ich bin mit einer Freundin da. Weiberabend, weißt du?«

»Hmm.« Bert nickte und betrachtete Susannes Freundin ohne eine Miene zu verziehen.

Susanne drehte sich zu ihrer Freundin um und zog Jenny an der Hand heran. »Jenny, das ist Bert. Bert – Jenny, meine Freundin!«

Jenny blickte Susanne verwundert an. Sie zwinkerte ihr zu. »Bert, wir kennen uns aus dem Supermarkt.« Jetzt erst schien Jenny zu verstehen, wen sie da vor sich hatte.

»Darf ich euch zu einem Drink einladen?«

»Klar«, nickte Susanne. »Warum nicht?« Als sie sich zu Jenny umblickte, sah sie, dass es der Freundin nicht recht war, länger als nötig hier zu bleiben. »Nur ein kleines Bier, und dann hauen wir ab, ja?«

»Na gut, von mir aus.«

Zu dritt kämpften sie sich zu der kleinen Bar in der Ecke des blauen Saals durch. Bert orderte drei Bier.

23.40 Uhr, Oststraße

Natürlich hatte sie es nicht ohne Tankstopp geschafft. Der Motor hatte zuletzt geruckelt und gehustet, und so war Katrin im letzten Augenblick bis zur Tankstelle gerollt, die schräg gegenüber vom Polizeipräsidium lag. Ein Blick auf das beleuchtete Schild mit den Benzinpreisen hatte ihre Wut aufkeimen lassen. Wenn es so weiterging, würde ihr ganzes Gehalt bald für das Haus und fürs Tanken draufgehen.

Nachdem sie für zwanzig Euro rund dreizehn Liter des edlen Saftes getankt hatte, war sie ohne weitere Probleme bis nach Wichlinghausen gekommen. Als sie die Haustüre so leise wie möglich aufschloss, drangen Musik und Kinderlachen an ihre Ohren. Natürlich, dachte sie und verdrehte die Augen. Hatte sie ernsthaft erwartet, dass Sophie und Franka schon schliefen? Katrin drückte die Haustür zu und schloss ab. Die regennasse Jacke warf sie über die Garderobe, die Schuhe kickte sie in die Ecke des kleinen Flurs. Sie zog das Handy aus der Jackentasche und drückte den roten Knopf. Das Gerät schaltete sich ab. Auf Socken erklomm Katrin so leise wie möglich die hölzerne Treppe ins obere Stockwerk des kleinen Hauses. Sie wollte den Überraschungseffekt auf ihrer Seite haben, als sie mit einem Ruck die Kinderzimmertür aufstieß. Prompt blickte sie in zwei weit aufgerissene, erschrockene Kinderaugen.

»Hey«, rief Katrin. »Schön, dass ihr schon in den Betten liegt und schlaft. Ist ja erst kurz vor Mitternacht.«

»Es ist Wochenende, Mum«, erinnerte Sophie ihre Mutter, nachdem sie den ersten Schreck überwunden hatte. Ein gewisser vorwurfsvoller Unterton lag in ihrer Stimme. Sie mochte es nicht, vor den Augen einer Freundin getadelt zu werden.

Doch Katrin hatte keine Lust, darauf jetzt Rücksicht zu nehmen. »Das ändert nichts an der Uhrzeit«, ermahnte sie die Kinder. »In fünf Minuten ist hier Schicht. Und zwar Nacht-Schicht.« Sie trat jetzt ganz ins Zimmer und küsste ihre Tochter zärtlich. Franka strich sie durchs Haar, dann zog sie sich aus dem Kinderzimmer zurück. Im Türrahmen wandte sie sich noch einmal zu den Mädchen um. »Ab ins Bad, Zähne putzen und waschen. Und dann ist Schluss für heute. Gute Nacht, Mädels«, sagte sie, bevor sie die Tür hinter sich zuzog.

Katrin marschierte hinunter in die Küche. Sie überlegte, ob sie sich einen Kaffee aufbrühen sollte. Ruhe fand sie so schnell nicht. Der Mord an dem Küster beschäftige sie. Morgen würde sie der Tochter des Ermordeten einen Besuch abstatten

In der Küche angekommen, entschied sich Katrin gegen einen Kaffee. Stattdessen zog sie sich eine Flasche Rioja auf. »Castillo San Lorenzo«, las sie die Inschrift auf dem edlen Etikett. Einer Zeremonie gleich, löste sie das Silberpapier vom Flaschenhals und zog den Korken mit Hilfe ihres sündhaft teuren Korkenziehers, den sie einst von Peter zum Geburtstag geschenkt bekommen hatte, auf. Das leise »Plopp« klang wie der Starschuss zu einem nächtlichen Intermezzo. Katrin liebte guten Rotwein und schnupperte an der Flasche, bevor sie sich ein Glas einschenkte. Der Wein duftete herrlich. Als sie das Glas gegen die Decke hielt, schimmerte das Getränk durch das Licht der Deckenlampe wundervoll rubinrot. Katrin knipste die Lampe aus und wanderte mit dem langstieligen Glas in der Hand in das dunkle Wohnzimmer. Sie schaltete den Fernseher ein, zappte sich desinteressiert durch die Programme und warf die Fernbedienung auf den Tisch, nachdem sie bei einer Reportage hängen geblieben war. Bei Reportagen konnte sie herrlich abschalten und nachdenken. Es lief eine Sendung über Auswanderer. Familien, die Deutschland satt hatten, nicht mehr mit dem System klar kamen und der Heimat den Rücken kehrten. Katrin konnte die Menschen, die ihrem Heimatland den Rücken kehrten, frustriert über Politik, Mentalität der Mitmenschen und Arbeitsmarktlage, sogar verstehen. Sie selbst hatte zwar ihren Job, und als Kommissarin saß sie sogar recht sicher im Sattel; verfügte über ein regelmäßiges Einkommen und kam gut über die Runden. Und dennoch, da war sie sicher, verdankte sie dem Job auch das Scheitern ihrer Ehe. Sie wischte die aufkommenden trüben Gedanken fort, nippte genießerisch an ihrem Rioja und ließ sich auf das Sofa sinken. Das zuckende Licht des Fernsehers war die einzige Lichtquelle im Raum. Sie blickte auf die Mattscheibe, ohne dass die flimmernden Bilder ihr Gehirn erreichten.

Katrin zog die Beine an und angelte nach der Wolldecke, die sie sich vorhin schon bereitgelegt hatte. Während sie sich in die Decke kuschelte und von ihrem Wein trank, kreisten ihre Gedanken um den Mord an Klaus Gerber. Wer hatte ein Interesse daran, den Küster einer Kirche an seinem Arbeitsplatz umzubringen? Ein Gegner der Kirche, vielleicht auch die verstoßene Tochter, die ihrem Vater nicht verzeihen konnte, dass er sie enterbt hatte? Alles war möglich, und Katrins Gedanken schlugen wilde Purzelbäume.

Es muss doch etwas fehlen, hämmerte es immer wieder in ihrem Schädel. Doch wem, wenn nicht dem Pfarrer, müsste der Verlust irgendwelcher Gegenstände aufgefallen sein?

Nachdem sie das Weinglas geleert hatte, legte sie sich hin und zog die Wolldecke bis zum Kinn. Ihr Blick glitt hinüber zum Fernseher, doch die Bilder auf der Mattscheibe drangen nicht zu ihrem Gehirn durch. Hartz-IV-Empfänger, überglücklich am Strand, Studenten auf der Suche nach einer angemessenen Wohnung, ein Klempner, der sich in Kanada um den Job als Trucker bewarb, schade nur, dass er keinen LKW-Führerschein besaß. Katrin schloss die Augen und dachte nach.

Hatte Gerber Feinde gehabt? So wie der Pfarrer ihn dargestellt hatte, war Gerber ein friedliebender Mensch gewesen, der bei allen beliebt gewesen war. Wirklich bei allen? Oder hatte Gerber doch eine Leiche im Keller gehabt? Nach wenigen Minuten überkam Katrin eine wohlige Müdigkeit, und sie schlief ein.

Sonntag

2.10 Uhr, Börse, Wolkenburg

Längst waren die Würfel gefallen. Sein Opfer hatte viel getrunken und schien nicht abgeneigt zu sein. Er hatte es gewusst, dies würde sein Tag werden. Schon seit Ewigkeiten hatte er sich nicht mehr so mit sich selbst im Reinen befunden. Susanne war zur Toilette gegangen, natürlich nicht alleine, denn das taten Frauen wohl nie. Jenny hatte sie begleitet. Ihm sollte das egal sein. Er interessierte sich nur für Susanne.

Mit einem siegessicheren Lächeln auf den Lippen betrachtete Bert das Geschehen auf der Tanzfläche, die sich inzwischen ein wenig geleert hatte. Paare, die sich erst an diesem Abend kennengelernt hatten, standen leidenschaftlich knutschend mitten auf der Tanzfläche. In einer Nische hockte eine Frau auf ihrer Eroberung und genoss es, dass er seine Hände unter ihre Bluse schob. Bert fragte sich, wann die Jungs von der Security wegen unsittlichen Verhaltens einschreiten würden.

Ein lüsternes Grinsen huschte um seine Mundwinkel, als er daran dachte, was er heute noch mit Susanne vorhatte. Sie war ein hübsches Ding, und er würde Spaß haben mit ihr. Für ihre Vergangenheit konnte sie schließlich nichts. Und für ihre Verwandtschaft auch nicht. Warum sollte er sich Susanne nicht zu Nutze machen? Eventuell könnte er mit ihrer Hilfe eine falsche Fährte legen. Aber das würde sich wohl erst in den nächsten Tagen ergeben.

»Hi, da sind wir wieder!« Susanne stieß ihn freundschaftlich in die Seite. Unbemerkt war sie neben ihn getreten.

Jenny stand hinter ihr und klimperte wieder mit dem Autoschlüssel. Sie hatte nichts getrunken. »Können wir dann?«

»Klar«, nickte Susanne, ohne den Blick von Bert abzuwenden.

»Du musst uns nicht fahren«, bemerkte er, an Jenny gewandt.

Gemeinsam verließen sie den Blauen Saal. Als sie kurze Zeit später an der kalten Herbstluft standen, rauschte das Blut in ihren Ohren. Die Musik drang nur noch gedämpft heraus auf die Straße. »Das ist kein Problem, den kleinen Umweg nehm ich gern in Kauf«, erwiderte Jenny und zwinkerte der Freundin verschwörerisch zu.

Damit du erfährst, wo ich wohne, dachte er verbittert. Für wie blöd hältst du mich eigentlich? »Na gut, wie du meinst«, erwiderte er schließlich und grinste.

»Geht doch.« Susanne kicherte und hakte sich bei ihm unter. Auf den Straßen rund um die Wolkenburg herrschte um diese Zeit kaum noch Verkehr. In den Pfützen, die sich auf dem Asphalt gebildet hatten, spiegelten sich die Lichter der Straßenbeleuchtung. Ein kalter Wind fegte um die Häuserecken. Vor der Börse parkten Taxis. Die Fahrer langweilten sich und standen beieinander. Als die drei die Reihe der Taxis passierten, witterten die Fahrer schon ein Geschäft. Doch Jenny schüttelte den Kopf. »Ich bring die zwei hier schon nach Hause«, erklärte sie mit einem vielsagenden Grinsen.

Susanne blieb stehen und nickte. »Jenny ist heute Nacht unser Taxi, tut mir leid, Jungs.«

Bert betrachtete sie von der Seite. Vielleicht wäre der Heimweg in einem Taxi wirklich der bessere Weg. Doch er schwieg. Susanne hatte zu viel Sekt getrunken. Ihre Zunge war schwer, und ihr Gang nicht mehr ganz sicher. Doch das alles war ihm recht. Wenn sie betrunken war, hatte er leichtes Spiel.

Zu dritt erreichten sie Jennys alten Peugeot. Als Susanne vor ihm in den Fond kletterte, fiel sein Blick auf ihren knackigen Hintern. Um ein Haar hätte er die Hand ausgestreckt, um sie zu berühren. Doch Bert nahm sich zusammen. Noch war seine Zeit nicht gekommen.

»Komm schon, worauf wartest du denn noch?«, rief Susanne aus dem Wageninneren und streckte die Hand nach ihm aus.

Bert unterdrückte einen Seufzer und kletterte ebenfalls auf die Rücksitzbank des Peugeot.

»Und?«, fragte Jenny. Sie saß bereits hinter dem Steuer und hatte den Motor gestartet. »Wohin darf die Reise gehen?« Sie betrachtete Bert über den Rückspiegel. Sein seltsam starrer Blick verwirrte sie.

»Zu mir«, rief Susanne gut gelaunt, bevor Bert etwas sagen konnte.

Mein Gott, dachte Jenny. Jetzt nimmt sie ihn auch noch mit nach Hause! Wie leichtsinnig. Doch sie schwieg. Ihre Freundin war schließlich alt genug, um zu wissen, was sie tat.

Jenny steuerte den Peugeot schweigend durch die nächtlichen Straßen Wuppertals. Über den Innenspiegel versuchte sie immer wieder, mit ihrer Freundin Blickkontakt aufzunehmen, doch Susanne schien nur noch Augen für ihre Eroberung zu haben. Hatte es sie diesmal wirklich erwischt?

2.30 Uhr, Uellendahler Straße

Eine knappe Viertelstunde später hatten sie ihr Ziel erreicht. Susanne wohnte in einem der gesichtslosen Mietshäuser direkt an der Uellendahler Straße, unweit des Baumarkts. Die rote Leuchtreklame auf dem Flachdachgebäude hatte man um diese Zeit abgeschaltet. Jenny parkte den Peugeot in einer Einfahrt direkt vor dem Haus, in dem Susanne wohnte. Bert betrachtete das Mietshaus. Es erinnerte ihn ein wenig an die Plattenbauten in der ehemaligen DDR. Kalt, abweisend, unpersönlich. In keinem der Fenster brannte noch Licht. Im Erdgeschoss gab es offensichtlich Büroräume, doch der Mieter schien sich nicht sonderlich für einen repräsentativen Eindruck seiner Räumlichkeiten zu interessieren – die Fenster waren staubblind.

Hier wollte er nicht tot über dem Zaun hängen, dachte Bert verächtlich, schwieg jedoch.

»So«, sagte Jenny. »Da wären wir.« Sie suchte noch einmal über den Spiegel Blickkontakt zu ihrer Freundin. Doch Susanne war auf diesem Wege nicht zu erreichen.

Jetzt löste sich das frisch verliebte Paar auf der Rückbank voneinander. Susanne kletterte nach vorn und schob die Lehne des Beifahrersitzes vor. Als sie die Tür aufstieß, wehte ein kalter Nachtwind ins Wageninnere. Sie zwinkerte der Freundin hinter dem Lenkrad vergnügt zu. »Danke für das Taxi«, sagte sie gut gelaunt und kletterte ins Freie.

Bert folgte ihr. »Ich hab auch zu danken«, sagte er höflich. »Vielleicht sieht man sich ja mal wieder.« Dann war er draußen.

Sie schauten dem altersschwachen Wagen hinterher, der sich in Richtung Raukamp entfernte. Als die Rücklichter um die nächste Biegung verschwunden waren, stieß Susanne das eiserne Tor der Einfahrt auf. Die Konstruktion quietschte. In der Stille der Nacht klang das Geräusch anklagend und übernatürlich laut.

Unwillkürlich blickte Bert sich um, doch die Straße lag verlassen und menschenleer da. Tagsüber herrschte hier reger Verkehr, doch nachts war es ruhig, und nur Taxis und Busse kutschierten die letzten Nachtschwärmer nach Hause.

»Dann mal los«, sagte Susanne, hakte sich bei Bert unter und zog ihn in die dunkle Toreinfahrt. Licht schien es hier nicht zu geben – ein Ort, der finstere Gestalten anzog. Der Hauseingang befand sich in der Einfahrt rechterhand. Zig Klingelschilder, teils ohne Namensschild. Das Klingelbrett war von Feuerzeugen versenkt und machte genauso einen heruntergekommenen Eindruck wie die Haustür, die Susanne jetzt öffnete. Ihre Hand suchte und fand den Lichtschalter. Kalt flammte jetzt das Treppenhauslicht auf. Es roch nach verkochtem Essen und kaltem Rauch.

Susanne schien von seinen Beobachtungen nichts bemerkt zu haben. Sie fieberte der Leidenschaft entgegen, die sie sicherlich gleich erfahren würde. »Komm schon«, flüsterte sie und zog ihn ins Treppenhaus. Er wehrte sich nicht.

2.35 Uhr, Pfarrhaus Christ König

Pfarrer Tütering fand in dieser Nacht keinen Schlaf. Nachdem er sich in seinem Bett herumgewälzt hatte, stand er auf. Die Predigt für den nächsten Morgen hatte er bereits vorbereitet. Für Gerber hatte er einen Ersatz gefunden. Frau Klein, die auch Mitglied im Gemeinderat war, hatte sich nach einem ersten Schock, als sie vom Mord an Klaus Gerber erfahren hatte, bereit erklärt, als Küsterin auszuhelfen. Nun stand Tütering nachdenklich am Fenster und blickte hinaus in die verregnete Nacht. Die Hände hatte er wie zum stummen Gebet gefaltet, und seine Kieferknochen mahlten. Dass er still den Kopf schüttelte, bemerkte er nicht einmal. Noch immer konnte er nicht fassen, was sich am Abend in Herz Jesu ereignet hatte. Ein eiskalter Mord in seiner Gemeinde, das ging zu weit. Klaus Gerber war ein friedliebender Mann gewesen, der keiner Fliege etwas zuleide getan hatte. Wer hatte ein Interesse daran gehabt, ihn zu töten?

Das bevorstehende Gemeindejubiläum wurde von dem grausamen Ereignis überschattet. Er hatte sogar eine wertvolle Leihgabe zur Verfügung gestellt bekommen: den Schrein mit den sterblichen Überresten der Heiligen Therese von Lisieux. Erzbischof Kardinal Meisner höchstpersönlich hatte hierfür die Schirmherrschaft übernommen, und Tütering war sehr stolz, dass der Erzbischof ihm diese Leihgabe anlässlich des Jubiläums zur Verfügung stellte. Tütering wusste nicht, ob das Jubiläum in Christ König nach dem Mord an Gerber tatsächlich noch gefeiert werden konnte. Vielleicht sollte er Kontakt zum Erzbistum aufnehmen und sich dort Rat holen.

Das Klingeln des Mobiltelefons riss Hans Tütering aus den Gedanken. Unwillkürlich zuckte der hoch gewachsene Pfarrer zusammen. Wer wollte um diese nachtschlafende Zeit etwas von ihm? Er überlegte, ob jemand am Telefon nach ihm verlangte oder sogar direkt vor der Tür des Gemeindebüros stand. Die Anlage war auf Wunsch des Gemeinderates so eingestellt worden, dass, egal ob es sich um einen Besucher oder um einen Anrufer handelte, sein Telefon klingelte. So hatte derjenige, der Einlass begehrte, immer die Möglichkeit, mit dem Geistlichen in Kontakt zu treten; wenigstens telefonisch, sollte er sich einmal nicht in der Gemeinde aufhalten. Der Pfarrer musste immer erreichbar sein, so war die Meinung der Gemeindemitglieder gewesen, als die neue Anlage damals installiert worden war.

Das Telefon klingelte noch immer, und Tüterings Hände zitterten, als er jetzt nach dem Apparat griff und sich meldete. »Ja bitte«, sagte er und bemühte sich um einen festen Klang seiner Stimme.

»Der tote Küster ist erst der Anfang«, vernahm er die Stimme des Anrufers nun. Männlich, akzentfrei, zwischen dreißig und fünfzig Jahre alt, schätzte Tütering.

»Wer sind Sie?«, fragte er aufgeregt.

»Ein Freund der Gemeinde.« Der Anrufer kicherte hämisch. Das Wort »Freund« hatte er wie ein Schimpfwort betont, und Tütering zweifelte keine Sekunde daran, dass er es mit dem Gegenteil eines Freundes zu tun hatte. »Stellen Sie sich schon mal darauf ein, dass Ihre Schäfchen morgen in Christ König nicht vollständig erscheinen werden.«

»Was haben Sie vor?«, rief Tütering. Er wollte Zeit gewinnen. Seine Stimme vibrierte. Doch anstatt einer Antwort klickte es im Hörer, und das monotone Tuten sagte ihm, dass der Anrufer die Verbindung unterbrochen hatte. Aschfahl starrte er das Telefon in seiner Hand an wie ein Ding aus einer anderen Welt.

Man hatte ihm gedroht. Scheinbar hatte Gerbers Mord nichts mit seinem privaten Umfeld, sondern mit seiner Arbeit in der Gemeinde zu tun. Was konnte er tun, um weiteres Unheil zu verhindern? Aufgeregt marschierte Tütering durch seine kleine Wohnung. Er erreichte den Flur. Hier hing sein schwarzes Jackett ordentlich auf einem Bügel an der Garderobe. Tüterings zitternde Hand glitt in die rechte Tasche. Er fand schnell, was er suchte, und zog das Kärtchen mit der Nummer der Kommissarin hervor. Eilig wählte er die Nummer.

Nach dem ersten Tuten sprang die Mailbox an. Die Kommissarin hatte ihr Handy ausgeschaltet. Tütering drückte den roten Knopf am Telefon und starrte enttäuscht auf das Gerät in seiner Hand. Um ein Haar wäre ein Fluch über seine Lippen gekommen.

2.45 Uhr, Uellendahler Straße

Als sie mit der Flasche Sekt und den zwei Gläsern ins Wohnzimmer zurückkehrte, sah sie, wie er sein Handy zusammenklappte und es eilig in der Gesäßtasche seiner Jeans verschwinden ließ. Susanne stellte die Gläser auf dem Tisch ab, kickte die hochhackigen Schuhe in eine Zimmerecke und ließ sich neben Bert auf die Couch sinken. »Was tust du?«, fragte sie ein wenig irritiert.

»Ich musste kurz telefonieren.«

»Um diese Zeit?« Susanne entkorkte die Sektflasche und runzelte die Stirn. Während sie die Gläser befüllte, wartete sie auf eine Antwort.

»Ein Freund von mir fliegt in den Urlaub. In zwei Stunden geht sein Flieger ab Düsseldorf. Und da er befürchtete, den Wecker nicht zu hören, hat er mich gebeten, ihn telefonisch zu wecken, damit er seinen Flug nicht verpasst.« Bert lächelte charmant.

Susanne bemerkte, wie er sich im Wohnzimmer umblickte. Sie folgte seinen Blicken über den gläsernen Tisch, die kleine Schrankwand mit offenen Regalfächern, in denen sich CDs und unzählige Bücher befanden, und die Stehlampe in der Ecke, die ein diffuses Licht verbreitete. »Gefällt es dir?«, fragte sie.

»Es ist sehr schön.«

Sie ergriffen die Gläser und prosteten sich zu. Der Sekt perlte und prickelte in ihrer Nase, und um ein Haar hätte Susanne geniest. Während sie tranken, blickten sie sich tief in die Augen. Dieser Bert war ein geheimnisvoller Typ, doch genau das reizte sie an ihm. Sie wollte wissen, welches Geheimnis er barg. Behutsam setzte sie das Glas auf dem Tisch ab und leckte sich genießerisch über die Lippen. Dies schien für ihn so etwas wie eine Herausforderung zu sein, und genau darauf hatte sie gewartet. Ihre Gesichter näherten sich. Susanne genoss den Duft seines Aftershaves, streckte eine Hand aus und fuhr ihm zärtlich durch sein dunkles, dichtes Haar.

Er ergriff ihre Hand und hauchte einen Kuss auf ihren Handrücken, ohne den Blick von ihren Augen zu lassen. »Du bist wunderschön«, flüsterte er. Sie spürte ein Kribbeln in der Magengegend. Ihr Herz schlug einige Takte schneller, und wie automatisch fanden sich ihre Lippen zu einem innigen Kuss. Eng umschlungen sanken sie auf das Sofa zurück und entledigten sich ihrer Kleidung. Erst zögernd, dann immer leidenschaftlicher und schließlich fordernd bedeckte er ihren makellosen Körper mit seinen Küssen.

Als ein erstes Stöhnen über Susannes Lippen kam, wusste er, dass er gewonnen hatte. Jetzt gab es kein Zurück mehr.

Und er wusste, dass sie spätestens jetzt keine dummen Fragen mehr stellen würde. Ein weiterer Etappensieg, doch davon ahnte die junge Frau in seinem Arm in diesem Augenblick noch nichts. Eine Mission hatte er noch zu erfüllen, und so konnte er das Angenehme mit dem Nützlichen verbinden.

Susanne löste sich kurz aus der Umarmung. »Ich möchte jetzt lieber Wein trinken.«

»Stoßen wir an – auf uns.« Er nickte und blickte Susanne nach, wie sie in Slip und BH in die dunkle Küche verschwand. Kurz darauf kehrte sie mit zwei Gläsern und einer Flasche Wein zurück zu ihm. Er entkorkte die Flasche und schenkte ihnen den Wein ein. »Möchtest du Musik hören?«, fragte sie flüsternd.

Er nickte. »Gern.«

Susanne stand noch einmal auf und machte sich an der CD-Sammlung zu schaffen. Er nutzte den Augenblick und zog aus der Gesäßtasche seiner Jeans eine kleine Tüte hervor. Geschickt riss er das transparente Tütchen auf und ließ den Inhalt, ein feines weißes Pulver, ins Glas sickern. Susanne, die damit beschäftigt war, eine CD in die Anlage zu legen, hatte ihm kurz den Rücken zugedreht und nicht bemerkt, dass er ihr ein K.o.-Pulver in den Wein gemixt hatte. Das Zeug war völlig geschmacksneutral und würde dafür sorgen, dass sie in wenigen Minuten schon ihre Hemmungen verlor. Susanne würde ihm eine heiße Liebhaberin sein und danach in einen tiefen Schlaf fallen. Die Verbindung mit Alkohol tat ein Übriges. Er hatte freie Bahn. Sie würde ihn nicht abweisen, und er würde sich holen, was er brauchte.

»Auf uns also.« Susanne ließ sich auf seinen Schoß sinken, nahm ihr Glas und prostete ihm zu. Er nickte lächelnd und beobachtete die junge Frau, wie sie trank. Genießerisch leckte sie sich über die Lippen. Natürlich ahnte sie nichts vom eigentlichen Grund seines nächtlichen Besuchs. Er hatte alles von langer Hand geplant. Nicht nur der Sex war es, der ihn in Susannes Arme trieb. Wenn sie erst einmal schlief, würde seine Stunde gekommen sein. Er musste ein wichtiges Beweisstück verschwinden lassen, und sie würde nichts davon bemerken.

Susanne hatte sein Shirt hochgeschoben und küsste seine Brust. Er erschauderte, und als sie mit geschickten Bewegungen die Knopfleiste seiner Jeans öffnete, ließ er sie gewähren und schaltete kurzerhand seinen Verstand ab. Später, wenn alles gelaufen war, würde er wieder nach Plan vorgehen. Doch jetzt ging es ums pure Vergnügen. Und um das Stillen seiner Gier ...

6.50 Uhr, Christ König

Es war ein scharrendes Geräusch, das ihn aus dem Schlaf riss. Pfarrer Tütering hatte nur wenige Stunden geschlafen. Zu lange hatte er in der Nacht wach gelegen. Der grausame Mord an Gerber und der seltsame Anruf waren ihm einfach nicht aus dem Kopf gegangen. Stundenlang hatte sich Tütering im Bett herumgewälzt, war wieder aufgestanden und durch die spärlich beleuchtete Wohnung gewandert, bevor er sich wieder zu Bett gelegt hatte, um die Zimmerdecke anzustarren. Irgendwann in den frühen Morgenstunden war er dann doch in einen tiefen, traumlosen Schlaf gefallen. Erst das Geräusch an der Dachrinne neben dem Fenster seines Schlafzimmers hatte ihn jäh geweckt.

Sein Herz schlug ihm bis zum Halse. Tütering richtete sich im Bett auf und lauschte mit schräg gelegtem Kopf in die Finsternis. Die Jalousien sorgten dafür, dass kein Lichtstrahl seinen Schlaf störte. Er hielt den Atem an. Das Geräusch nahm an Intensität zu. Ein kratzendes, huschendes Geräusch, das sich in Richtung Dach zu bewegen schien. Dann vernahm er das Scharren von kleinen Krallen über seinem Kopf. Endlich kam ein erleichtertes Seufzen über die Lippen des Geistlichen. Er sank mit einem Lächeln zurück in die verwühlten Kissen. Langsam nur beruhigte sich sein Herzschlag wieder. Es war der Marder gewesen, der das Dach über der Wohnung des Pfarrers als Unterschlupf benutzte. Schon mehrmals hatte er das Tier erst gehört und, nachdem er das Haus verlassen und umrundet hatte, auch gesehen. Der Gemeinderat hatte ihm vorgeschlagen, eine Falle gegen den lästigen Nager zu errichten, doch er hatte sich bislang standhaft dagegen gewehrt.

Normalerweise störte ihn der kleine Besucher nicht. Aber dieser Sonntag war nicht normal. Nichts war normal, dachte er resignierend. Jemand schien es auf das Wohl der Gemeinde abgesehen zu haben, und das rechtzeitig zum Jubiläum von Christ König. Tütering wagte nicht, an das bevorstehende Gemeindejubiläum zu denken.

Ein dumpfes Poltern riss ihn jetzt aus den Überlegungen. Der Geistliche schlug die Augen auf. Das Geräusch stammte garantiert nicht von einem Marder. Der kleine Nager hatte sein Dach schon längst verlassen. Tütering richtete sich wieder im Bett auf. Jemand klopfte mit voller Kraft gegen seine Wohnungstüre und rief seinen Namen. Tütering stieß die Bettdecke fort und setzte sich aufrecht im Bett hin. Er fuhr sich mit der flachen Hand durch das Gesicht und schüttelte den Kopf, als könne er so den Schrecken der letzten Stunden ein Ende bereiten. Der Pfarrer erhob sich im Bett und beschloss, dem Poltern auf den Grund zu gehen. »Ich komme ja schon«, rief Tütering in Richtung Wohnungstür.

Er schlüpfte eilig in die Pantoffeln und warf sich im Gehen den dunklen Bademantel über. An der Wohnungstüre angekommen, zögerte er kurz. Tütering starrte auf die massive Eisenkette, die ihn vor ungebetenen Besuchern schützte. Sollte er die Türe öffnen? Was, wenn er dann in die Mündung einer Waffe blickte?

Begib dich in Gefahr, und du kommst darin um!

»Herr Pfarrer, so öffnen Sie doch!«

Es war eine Frau, die da rief. Tütering kannte die Stimme. Er wischte die Bedenken beiseite, löste die Kette und drehte den Schlüssel, der im Schloss steckte.

Vor ihm stand Frau Klein, die Küsterin in Vertretung. Hildegard Klein war zwei Köpfe kleiner als Tütering und sehr hager. Sie trug ein unscheinbares, graues Kostüm. Ihr schmales Gesicht wurde von einer langen, spitzen Nase dominiert, der

Mund war schmal, die Lippen wirkten blutleer. Wäre der Pfarrer ein bösartiger Mensch gewesen, so hätte er das Gesicht von Frau Klein als das einer Krähe bezeichnet. Aber es stand ihm nicht zu, derartige Vergleiche anzustellen. Die Küsterin war Ende fünfzig, wirkte trotz ihrer Statur sehr resolut, doch augenblicklich schien sie einem Nervenzusammenbruch sehr nahe zu sein.

Frau Klein war total aufgelöst; ihr Gesicht wirkte noch aschfahler als sonst, und sie zitterte am ganzen Leib. Das silbriggraue Haar hing ihr wirr ins faltige Gesicht. »Herr Pfarrer«, rief sie atemlos. »Kommen Sie, das müssen Sie sich ansehen!«

»Nun beruhigen Sie sich doch erst einmal«, murmelte Tütering und gab sich Mühe, seine Erleichterung zu verbergen, nicht in eine Waffe zu blicken. Er war völlig durch den Wind.

Klaus Gerbers Nachfolgerin schüttelte den Kopf. Sie deutete hinüber zur Kirche. »Es ... ich dachte, das geht nicht mit rechten Dingen zu, Herr Pfarrer, aber, bitte, so kommen Sie!«

»Was ist denn los, um Himmels willen?«, fragte Tütering und war um einen beruhigenden Unterton in seiner Stimme bemüht.

»Der Schrein«, keuchte Frau Klein außer sich. Sie zitterte am ganzen Körper. »Der Schrein der Heiligen Therese ... er ist weg!«

Tütering sah schwarze Punkte, die vor seinen Augen tanzten. Seine Knie wurden weich, und er lehnte sich unwillkürlich an die Wand in seinem Rücken. Seine Kehle war trocken. Das Grauen schien kein Ende zu nehmen.

8.00 Uhr, Wichlinghausen

»Eigentlich fällt Raub nicht in unser Kommissariat«, brummte Katrin Kramer und unterdrückte ein Gähnen. Sie hatte mit den Kindern am Frühstückstisch gesessen, als sie das Klingeln des Handys in die Realität zurückgeholt hatte. Kriminalität kannte kein Wochenende und keinen Feierabend. Der Pfarrer hatte angerufen und einen Einbruch in seine Sakristei gemeldet. Offenbar war ein wertvoller Kunstgegenstand entwendet worden. Es konnte möglich sein, dass es einen Zusammenhang zum Mord an Gerber gab. Genauso gut konnte es sich aber auch um einen Zufall handeln, deshalb hatte Katrin gezögert, bevor sie mit Karl Brauer telefoniert hatte. Er war sofort mit den Kollegen vom Streifendienst und der Spurensicherung nach Christ König ausgerückt, der Kirche, zu der Pfarrer Tütering eigentlich gehörte. Katrin hatte sich vorgenommen, sich die Zusammenhänge der Gemeinde später von Tütering erklären zu lassen.

Schließlich hatte sie sich in den alten Polo gesetzt und war nach Elberfeld an den Westfalenweg gefahren. Hier lag die Kirche Christ König mitsamt ihrer Nebengebäude. Das markante Hauptgebäude glich einem überdimensionalen Würfel aus Bruchstein. Es gab weder bunte Kirchenfenster noch einen spitzen Glockenturm, der in den grauen Sonntag-Morgen-Himmel ragte. Lediglich ein so genannter Lichtgaden, der für das Eindringen von Tageslicht sorgte, umgab den schlichten Bau wie ein transparentes Band. So war die Kirche von moderner und eleganter Schlichtheit, die Katrin gefiel. An den Haupttrakt grenzten die Nebengebäude wie das Pfarramt, die Sakristei und das kleine Wohnhaus des Pfarrers.

Es war nicht leicht gewesen, mit dem Polo noch einen freien Parkplatz zu finden. Drei Streifenwagen und vier zivile Dienstfahrzeuge der Polizei standen kreuz und quer auf dem kleinen Parkstreifen neben der Kirche. Mit einem einzigen Anruf hatte sie noch von zu Hause aus den gesamten Polizeiapparat in Bewegung gebracht. Als sie ausstieg, wehte ihr ein eisiger Wind in das Gesicht. Die wenigen Blätter, die der Herbst noch nicht von den Bäumen gefegt hatte, raschelten unheilvoll über ihrem Kopf. Katrin zog den Reißverschluss ihrer Jacke hoch und versenkte die Hände in den Taschen. Sie marschierte zielstrebig auf das Pfarrhaus zu.

Noch bevor Katrin das Wohnhaus des Pfarrers erreichte, kam ihr Brauer entgegen und gab ihr eine Liste mit allen Personen, die er heute befragen wollte. »Ich bin ziemlich sicher, dass es einen Zusammenhang zum Mord an Gerber gibt«, flüsterte er ihr zu, nachdem sie an der Wohnungstüre von Pfarrer Tütering geklingelt hatten. »Die Spusi ist schon in der Sakristei und kümmert sich.«

»Na, dann kann ja nichts mehr schief gehen.«

Noch bevor er etwas antworten konnte, wurde ihnen die Tür von einer unscheinbaren älteren Dame geöffnet, die sie in das kleine Wohnzimmer des Pfarrers führte. Katrin fragte sich, wer die graue Eminenz wohl war, und tippte auf die Haushälterin des Pfarrers.

Brauer stierte in seine Kaffeetasse und schien angestrengt nachzudenken. Katrin kannte ihn und wusste, dass er schlichtweg völlig übernächtigt war. »Ich danke Ihnen sehr, dass Sie am frühen Sonntag kommen konnten«, murmelte der Pfarrer und lächelte schwach. »Die internen Strukturen der Kriminalpolizei sind mir nicht bekannt, und da Sie gestern meine Ansprechpartnerin waren, dachte ich ...«

»Schon gut«, sagte Katrin freundlich. »Jetzt sind wir ja da.«

Sie saßen im kleinen Wohnzimmer der Pfarrwohnung. Frau Klein, die ältere Dame, die ihnen geöffnet hatte, hatte ihnen schnell einen Kaffee aufgesetzt. Langsam nur hatte sie sich beruhigt. Sie war eine seltsame Frau, dachte Katrin und beobachtete Hildegard Klein so unauffällig wie möglich. »Sie sind die neue Küsterin?«, fragte sie schließlich, nachdem Frau Klein

in den altmodischen Sessel gesunken war und sich einige imaginäre Staubpartikel von ihrem grauen Rock zupfte.

Hildegard Kleins Kopf ruckte hoch. »Ich springe nur solange ein, bis der Gemeinderat einen neuen Küster gefunden hat.«

»Sie sind mit den Pflichten eines Küsters also vertraut?«

»Ja, ich habe Herrn Gerber schon öfters vertreten. Sein Tod ist ein schwerer Verlust für unsere Gemeinde.« Tränen schimmerten in ihren Augen, als sie Katrin anblickte. Sie nestelte nach einem Stofftaschentuch und schnäuzte sich geräuschvoll die Nase. »Das ist alles zu viel. Wer kann es denn so auf unsere Gemeinde abgesehen haben?«

»Der Mord an Gerber hat sich aber in Herz Jesu ereignet«, warf Brauer nun ein. Er trank in kleinen Schlucken von seinem Kaffee.

»Beide Kirchen gehören zum Pfarrverband Elberfeld-Nor
half Pfarrer Tütering nun. »So wie ich die Messen in bei
Kirchen halte, so diente Herr Gerber als Küster für beide
chen. Das Bistum unterliegt den gleichen Sparzwänger
ein normaler Betrieb der freien Wirtschaft.«

»Man hat also beide Kirchen ... fusioniert?«, fragte Ka

»So kann man es nennen«, nickte Tütering. »Nun g
insgesamt vier Gemeinden zum Gemeindeverband El
Nord; ich bin zuständig für Herz Jesu und für Christ
einer Woche feiern wir übrigens Gemeindejubiläum.

»Ein denkbar schlechter Zeitpunkt für Verbrech
brummte Brauer mit düsterer Miene.

»Für Verbrechen ist es immer ein schlechter
wurde er von Tütering belehrt. »Aber natürlich ge
recht.«

»Wann und wie haben Sie den Diebstahl
bemerkt?«, kam Katrin nun auf den Punkt, an H
gewandt.

»Ich bin durch den Nebentrakt zur Sakristei
als ich die Tür aufschließen wollte, sah ich, da
chen wurde.« Frau Klein knetete das Tascher

und wippte mit dem rechten Knie, ein Zeichen von Nervosität. »Ich bekam Angst, bin aber trotzdem rein, um zu sehen, was passiert ist.«

»Gefährlich, wenn der oder die Täter sich dort noch aufgehalten hätten«, brummte Brauer und erntete dafür einen missbilligenden Blick von seiner Kollegin.

Frau Klein ging nicht auf Brauers Einwurf ein. Ihr Blick glitt ins Leere, während sie fortfuhr: »In der Sakristei angekommen, sah ich, dass alle Schränke offen standen, der Inhalt lag auf dem Boden verteilt. Und der Herr Pfarrer hat so viele Roben ... in jeder erdenklichen Farbe, für jeden Zweck.«

»Ich shoppe halt gern«, lächelte Tütering nun mit roten Wangen. »Und wenn ich eine Robe zum Schnäppchenpreis bekommen kann, schlage ich zu, nicht immer mit dem Einverständnis des Gemeinderates.«

Frau Klein ließ sich davon nicht ablenken. »Auch der messingbezogene Kelch lag auf dem Boden. Er ist total verbeult. Jemand hat alles durchsucht ... und scheinbar gefunden, wonach er gesucht hat.«

»Woher wussten Sie von dem Schrein?« Katrin fixierte die alte Dame mit einem festen Blick. Sie überlegte angestrengt, wie wertvoll wohl solch ein Schrein sein mochte. Hier schien lles auf einen Kunstraub hinauszulaufen. Hatte Gerber steren müssen, weil er von dem Objekt wusste?

»Der Herr Pfarrer hat es mir gestern Abend erzählt, als er ich bat, vorübergehend das Amt der Küsterin zu übernehen.« Tränen standen in Hildegard Kleins Augen. Sie faltete s Taschentuch wieder auseinander und putzte sich erneut e Nase.

War der Schrein der Heiligen Therese denn nicht gegen ebstahl geschützt?«, fragte Brauer nun, an Tütering wandt. Der Geistliche legte den Kopf schräg und blickte auf polierten Spitzen seiner schwarzen Schuhe. »Nun«, sagte edehnt, als hätte er genau diese Frage gefürchtet. »Er war t angemessen gegen einen Raub geschützt, wenn Sie das

meinen«, murmelte er dann, ohne die Polizisten anzusehen. »Niemand – fast niemand wusste von der Leihgabe des Erzbistums. Es sollte eine Überraschung zum Gemeindejubiläum sein.« Tütering barg das schmale Gesicht in den Händen. »Der Erzbischof wird außer sich sein.«

»Sicherlich gibt es eine entsprechende Versicherung«, versuchte Katrin ihn zu beruhigen.

»Da war noch etwas«, antwortete Pfarrer Tütering nun. »Ich hatte in der Nacht einen seltsamen Anruf.« Er berichtete von der geheimnisvollen Drohung gegen ihn und gegen die Gemeinde.

»Um wie viel Uhr fand der Anruf statt?« Brauer war aus seiner Lethargie erwacht. Er zückte einen Notizblock und einen Stift. Der Geistliche überlegte. »So gegen halb drei Uhr morgens.«

»Wir werden versuchen, den Anruf zurückzuverfolgen«, erklärte Katrin. »Vielleicht haben wir so eine erste heiße Spur.«

»Was, wenn der Täter vom Handy aus angerufen hat?«, warf Frau Klein ein. »Ich meine, heutzutage hat doch jeder so ein ... Ding.«

»Haben Sie ein Handy?«, fragte Brauer wie aus der Pistole geschossen, obwohl er sich die Antwort der alten Dame fast schon denken konnte.

»Nein. Ich brauche so etwas nicht. Man muss nicht an jedem Ort und zu jeder Zeit erreichbar sein. So etwas kann auch schädlich sein für unsere Gesellschaft.«

Wie recht sie hat, dachte Katrin und hätte um ein Haar beipflichtend geseufzt. Ohne Handy würde sie jetzt mit den Mädchen am Frühstückstisch sitzen und auf die Sendung mit der Maus warten. Insgeheim war sie sich längst darüber im Klaren, dass die allsonntägliche Maus-Sendung eher ein Ritual war, denn Sophie war dem mausfähigen Alter längst entwachsen, denn die Maus war einfach »uncool« geworden, wie sie es gern nannte. Dass es durchaus auch Erwachsene gab, die jeden Sonntag die Sendung mit der Maus sahen, fand Sophie einfach albern.

Brauer leerte seinen Kaffee und erhob sich. »Ich bin kurz draußen, um das mit dem Anruf zu klären.« Er murmelte eine Entschuldigung. »Vielleicht erreichen wir etwas mit einer Anrufrückverfolgung.« Er ließ sich Tüterings Rufnummer nennen. Auf dem Weg zur Tür angelte er nach dem Handy.

Katrin blickte ihm nachdenklich nach, dann nahm sie den Faden wieder auf und wandte sich an Tütering: »Wer wusste denn von dem Schrein? Sie sagten, es wussten nicht viele Personen davon?«

»Das ist richtig.« Tütering überlegte kurz. »Natürlich das Erzbistum in Köln, Klaus Gerber, Frau Klein, und natürlich meine Wenigkeit.«

»Herr Gerber wusste davon, dass Sie den Schrein der Heiligen Therese anlässlich des Gemeindejubiläums als Leihgabe zur Verfügung gestellt bekommen haben?«, hakte Katrin nach und schürzte die Lippen. Somit bestärkte sich ihr Verdacht, dass der Mord an dem Küster etwas mit dem Raub zu tun haben könnte.

»Selbstverständlich. Herr Gerber war ein absolut integrer Mann. Ich konnte ihm blind vertrauen. Er war auch anwesend, als der Schrein angeliefert wurde. Natürlich erfolgte alles unter größter Diskretion. Dennoch wurde die Leihgabe nicht so unter Verschluss gehalten, wie es hätte eigentlich geschehen müssen.«

»Wie muss ich mir diesen Schrein überhaupt vorstellen?«, fragte Katrin nun und schlug die Beine übereinander. Sie war keine Kirchengängerin und kannte sich kaum mit den christlichen Reliquien aus.

Der Pfarrer erhob sich, ging zum Schrank und zog einen kleinen Schuhkarton mit Fotos hervor. »Etwa einen Meter lang, mit goldenen Ornamenten verziert, hölzern«, erklärte er, während er an den Tisch zurückkehrte und den Schuhkarton in den Schoß legte. Mit feierlicher Miene hob er den Deckel und suchte in den zahlreichen Fotos. Dann hatte er einige brauchbare Fotografien gefunden und überreichte sie der Kommissarin. Sie sah einen dunkelbraunen, reich verzierten Schrein unter einer gläsernen Haube, den man auf einem Altar drapiert hatte. »Das ist die Ausstellung des Schreins bei den Karmelitinnen in Kirchzarten«, erklärte Tütering nun.

Katrin nahm das Foto an sich und betrachtete es eingehend. Sie versuchte, sich jedes Detail einzuprägen. Am Sockel des Schreins gab es ebenfalls vergoldete Tragegriffe aus massivem Eisen. Katrin konnte sich kaum vorstellen, dass der Schrein nur von einem einzigen Täter entwendet wurde.

Tütering schien Katrins Blicke bemerkt zu haben. »Normalerweise wird der Schrein von vier Männern getragen«, erklärte er. »Das Theresienwerk befördert ihn in einem Lieferwagen, der eigens für den Transport des Schreins präpariert wurde.«

»Das würde bedeuten, dass der Schrein nicht von einer einzelnen Person getragen werden kann«, mutmaßte Katrin.

»Ich kann es mir nicht vorstellen.«

»Wer kann etwas mit so einer Reliquie anfangen? Ich gehe davon aus, dass es sich um einen ideellen Wert handelt, der sich zudem äußerst schwer verkaufen lassen dürfte.«

Brauer räusperte sich. Er stand auf und murmelte eine Entschuldigung. »Ich muss dringend telefonieren«, sagte er und wandte sich zum Gehen.

»Selbstverständlich«, nickte Tütering und brachte ihn zur Tür.

»Wir sehen uns draußen«, rief Brauer Katrin zu, dann war er von der Bildfläche verschwunden. Tütering kehrte an den Tisch zurück und nahm wieder seinen Platz auf dem Sofa ein.

»Eventuell kann der Täter einzelne Ornamente einzeln verhökern«, nahm er den Faden wieder auf. »Edelsteine, Gold, alles ist vorhanden, wenn auch nur in kleinen Mengen. Ich denke, dass so ein Schrein zwischen 15.000 und 40.000 Euro wert ist. Das Problem dürfte in der Tat der Verkauf am Schwarzmarkt sein. Sobald bekannt wird, dass der Schrein der Heiligen Theresie gestohlen wurde und eine Fahndung läuft, wird der Dieb keinen Spaß mehr an seiner Beute haben.«

»Das würde nach grobem Unfug klingen«, überlegte Katrin und nagte nachdenklich auf der Unterlippe. »Möglicherweise ging es dem Dieb gar nicht darum, eine wertvolle Reliquie an sich zu bringen, um sich am Verkauf des Schreins zu bereichern.«

»Wie meinen Sie das?« Pfarrer Tüterings Stirn lag in Falten.

»Möglicherweise wollte man Sie nur ...«, Katrin suchte nach dem richtigen Wort, fand es aber nicht. »Vielleicht wollte man Sie mit dem Raub des Schreins auch nur ärgern«, fügte sie dann hinzu.

»Ärger werde ich jetzt genug bekommen«, fürchtete Tütering.

Katrin hatte vorerst genug gehört. »Darf ich die Fotos vom Schrein mitnehmen? Wir werden eine Sachfahndung in die Wege leiten.«

»Natürlich.« Tütering gab ihr die Aufnahmen der Reliquie, Katrin steckte sie ein und erhob sich. »Werden Sie die beiden Gottesdienste trotzdem halten?«

Der Pfarrer blickte auf die Armbanduhr und wiegte den Kopf. »Wenn Ihre Kollegen die Kirche bis dahin freigeben, würde ich gern ...«

»Ich denke, das ist machbar«, lächelte Katrin und erhob sich.

»Dann kann ich wie geplant mit dem Orgelspiel um 9.39 Uhr beginnen?«, fragte Hildegard Klein nun. Sie hatte dem Gespräch stumm gelauscht und ihren Kaffee getrunken. Jetzt atmete sie ein paar Mal tief durch und setzte sich aufrecht hin.

»Wir arbeiten nach einem strengen Zeitplan«, erklärte der Pfarrer mit einem fast entschuldigenden Lächeln und begleitete Katrin zur Tür. »Die heilige Messe beginnt gleich.«

»Dann wollen wir hoffen, dass Ihnen jetzt niemand mehr in die Suppe spuckt«, murmelte Katrin und verabschiedete sich vom Pfarrer. Sie war gespannt, ob Brauer schon etwas erreicht hatte

10.10 Uhr, Uellendahler Straße

Als sie erwachte, lag ein feines Lächeln auf ihren Lippen. Susanne strich mit geschlossenen Augen über das Kopfkissen neben sich. Es war eine wundervolle Nacht gewesen, und sie hatte ihre Sehnsucht nach Liebe und körperlicher Nähe gestillt. Bert hatte sich als ein gleichermaßen leidenschaftlicher und zärtlicher Liebhaber erwiesen. Natürlich hatten sie Kondome benutzt; alles andere war ihr zu gefährlich. Auch wenn die Meldungen um HIV-Erkrankungen in den Medien nicht mehr so oft vorkamen, so hieß das nicht, dass es kein Aids mehr gab. Und sie war sicher, dass auch die neusten Medikamente die Krankheit nur lindern, nicht aber heilen konnten. Bei aller Sehnsucht nach einem Mann schaltete sie dennoch niemals den Verstand aus und schützte sich. Und Bert war so ein One-Night-Stand. Oder würde sich mehr aus der Sache entwickeln?

Das Bett war noch warm und duftete herrlich männlich, doch Susannes Finger strichen über ein leeres Kopfkissen. Als sie die Augen öffnete, bemerkte sie, dass die andere Betthälfte leer war. Vermutlich war er kurz auf dem Klo, dachte sie und lauschte in die Stille der Wohnung. Doch als sie kein Geräusch hörte und auch das Rauschen der Spülung ausblieb, wuchs der Verdacht, dass Bert die Wohnung verlassen haben könnte. War er so mir nichts, dir nichts verschwunden, oder war er kurz zum Bäcker, um Brötchen zu holen? Sie tippte doch eher auf das Erste.

Ein Gefühl von Einsamkeit griff mit kalten Klauen nach ihr. Es war immer das gleiche beklemmende Gefühl. Nachdem sie sich einen Liebhaber mit nach Hause geholt hatte und dieser nach wenigen Stunden für immer aus ihrem Leben verschwand, überkam sie diese unbeschreibliche Leere und Einsamkeit. In solchen Momenten hasste sie sich. Hasste sich dafür, ihrem Trieb unterlegen zu haben.

»Bert?«, rief sie und erschrak über den Klang ihrer eigenen Stimme. Sie war heiser. Ihr Schädel dröhnte, und sie sank stöhnend zurück in die Kissen. Susanne war nackt, zog die Bettdecke bis über ihre Brüste und richtete sich im Bett auf. Durch die Lamellen des Schlafzimmerfensters drang ein diffuses Licht, die Zeiger ihres nostalgischen Weckers standen auf viertel nach zehn.

Auf dem Nachtschränkchen standen zwei halbvolle Gläser, daneben eine leere Flasche Rotwein. »Bert?«, rief sie noch einmal. Nachdem er auch diesmal nicht antwortete, stieß sie die Bettdecke fort. Barfuß und nackt stampfte sie durch die Wohnung, suchte ihre Kleidungsstücke zusammen, die sich, einer Spur gleich, vom Wohnzimmer bis ins Schlafzimmer verteilt hatten. Ihr erster Weg führte in das kleine, schmale Bad. Die kleine Lampe über dem Spiegelschrank brannte und verbreitete ein diffuses Licht. Susanne betrachtete ihr Gesicht im Spiegel.

»Mein Gott«, rief sie und wandte sich ab. Die Nacht war kurz gewesen, und dunkle Ringe lagen unter ihren Augen. Schnell schaltete sie die kleine Lampe aus und wandte sich ab. Über den Flur gelangte sie in die Küche. Auch hier keine Spur von Bert. Kein Zettel, kein Hinweis auf seinen Verbleib. Nichts.

An der Wohnungstüre angelangt, drückte sie die Klinke nieder. In der Nacht hatte sie vergessen, die stabile Kette vorzulegen. Normalerweise war sie ein sehr vorsichtiger Mensch und schützte sich vor ungebetenen Gästen. Doch sie war nicht allein gewesen, und Bert hatte ihr das Gefühl gegeben, dass sie geschützt und geborgen war in seiner Nähe. Sie seufzte enttäuscht. Der Mechanismus der Tür quietschte leise, dann schwang die Tür auf. Es war nicht abgeschlossen. Leer und verlassen lag der Laubengang, der zum Treppenhaus führte, vor ihr. In einer Nachbarwohnung wurde laute Musik gehört.

Nachdem Susanne die Tür wieder ins Schloss gedrückt hatte, fühlte sie sich elend: Er war nach einer leidenschaftlichen Nacht ohne jeden weiteren Gruß gegangen. Sie war alleine. Wie immer. Am liebsten hätte sie gekotzt.

9.15 Uhr, Pfarrhof Christ König

Katrin roch, dass Brauer geraucht hatte. Sie hasste den Geruch von Nikotin und kaltem Qualm an seinen Kleidungsstücken. Doch sie war nicht mit ihm verheiratet, und so stand es ihr nicht zu, ihm Vorschriften zu machen.

Karl Brauer lehnte am Dienstwagen und blickte ihr entgegen. »Na endlich«, empfing er sie, als sie ihn fast erreicht hatte. »Ich dachte schon, du könntest dich niemals von diesem gemütlichen Kaffeekränzchen loseisen.«

»Mir war nicht nach einer Zigarette«, konterte sie spitz.

»Wir haben inzwischen versucht, das Handy zu orten. Vergeblich, der Täter hat es ausgeschaltet.«

»Er scheint clever zu sein«, murmelte Katrin. Sie wusste, dass man Handys auf einige Meter genau orten konnte – vorausgesetzt, sie waren eingeschaltet. Sobald man das Gerät abschaltete, war es spurlos verschwunden.

»Aber wir wissen in etwa, wo sich der Täter zum Zeitpunkt des Anrufes befunden hat. Besser als nichts, oder?« Er grinste wie ein Honigkuchenpferd.

»Und von wo aus hat das Schwein angerufen?«

»Nicht weit von hier. Uellendahler Straße, die Hausnummer habe ich auch.« Brauer grinste stolz.

»Worauf warten wir noch

»Und dein Wagen?«

»Den können wir später hier abholen. Sprit ist eh zu teuer.« Katrin ließ sich in den Beifahrersitz des dunkel lackierten

Vectra sinken und trommelte ungeduldig auf dem Armaturenbrett herum.

Brauer klemmte sich hinter das Lenkrad und startete den Motor. Die Automatik des Dienstwagens ruckte leicht an, dann steuerte er den Opel über den Westfalenweg. Die Häuser schälten sich träge aus dem Grau des Nebels. Der Funkturm auf der linken Seite ragte wie ein drohend erhobener Zeigefinger in den wolkenverhangenen Himmel. Auf dem Sockel blinkten rote Warnlämpchen. Obwohl das Laub des Waldes in allen Farben wunderschön schillerte, schien die Stadt an diesem Morgen in einem einheitlichen Grau zu versinken. Niemand war unterwegs, und es schien, als würden sie durch eine kühle, abweisende Scheinwelt fahren.

Depressionswetter, durchzuckte es Katrin fröstelnd. Sie betrachtete Brauer von der Seite. Seine beiden Hände ruhten auf dem Lenkradkranz. Sein Gesicht wirkte ausgemergelt, er hatte einen Dreitagebart und dunkle Ringe unter den Augen. Die Wangenknochen mahlten, sein Blick war starr nach vorn gerichtet.

»Und?«, wagte Katrin einen Vorstoß.

Brauers Kopf ruckte kurz zur Seite. Sein Gesicht schien ein einziges Fragezeichen zu sein. »Was – und?«, fragte er, bevor er sich wieder auf die menschenleere Straße konzentrierte.

»Alles klar bei dir?«

»Sicher. Barbara hat letzte Woche das alleinige Sorgerecht für die Kinder vor Gericht erstritten, meine Kinder denken, ich sei ein tyrannischer, kettenrauchender Alkoholiker, dessen einzige Existenzberichtigung darin besteht, für sie aufzukommen, mein Geld reicht vorn und hinten nicht aus, die Miete ist im Rückstand und ich bin dankbar für jeden Abend, an dem ich nicht hungrig ins Bett muss, aber sonst – ja, alles klar bei mir.« Sein Grinsen wirkte gequält.

Katrin wusste, dass er sich lieber eine Hand abhacken würde, bevor er sich eine Schwäche eingestehen musste. »Scheiße. Und jetzt?«

»Nichts und jetzt. Meine Ex zieht mich aus bis aufs Hemd, ich darf meine eigenen Kinder nicht mehr sehen, aber bezahlen, habe das Reihenhaus verlassen und hause jetzt in einer kleinen Bleibe, über die ich früher verächtlich die Nase gerümpft hätte. Und es ist immer so verdammt viel Monat am Ende des Geldes übrig, aber ansonsten ist alles im grünen Bereich.« Er trommelte auf dem Lenkrad herum und grinste sarkastisch. »Was soll ich machen mit 'nem Arsch voller Schulden, Katrin? Augen zu und durch, und als Kommissar bringe ich jeden Ersten ein einigermaßen brauchbares Gehalt nach Hause.«

»Mit dem du Unterhaltsverpflichtungen nachkommst und deine Schulden abträgst, die du während deiner Ehe mit Barbara aufgenommen hast«, stellte Katrin mit säuerlicher Miene fest.

Er zuckte die Schultern. »Eines Tages werde auch ich schuldenfrei sein. Und bis dahin werde ich den Gürtel eben enger schnallen müssen. Was mich nicht umbringt, das macht mich stark.«

Er ist nicht stark, dachte Katrin. Doch sie schwieg. Plötzlich verzieh sie ihm, dass er seit seiner Scheidung von Barbara verbittert war, zu viel trank und rauchte und im Berufsalltag manchmal unausstehlich war. »Das tut mir leid.« Katrins Betroffenheit war ehrlich.

»Du kannst ja nichts dafür«, grinste er schief und seufzte. »Es kommen auch wieder bessere Zeiten.«

»Ganz bestimmt, Karl.«

»Fragt sich eben nur, wann.«

Sie hatten die Uellendahler Straße erreicht. Die rote Leuchtreklame eines Baumarktes schälte sich schwammig aus dem Dunst, und Karl suchte unterhalb des Geländes nach einer freien Parklücke am Straßenrand. Er fand sie und parkte den Vectra. Nachdem er den Motor abgeschaltet hatte, schien sie die plötzliche Stille im Innenraum förmlich zu erdrücken. »Na dann«, sagte Katrin in das Schweigen hinein. »Auf ins Abenteuer.«

Brauer streckte sich. »Ich lad dich gleich auf 'nen Kaffee in der Baumarkt-Bäckerei ein.«

Katrin lachte. »Von deinen paar Kröten? Lass mal, ich übernehme das schon.«

»Wie du meinst. Aber jetzt ruft erst mal die Pflicht.« Brauer deutete mit dem Kinn auf ein Mietshaus mit dem Charme einer gestürmten NVA-Kaserne. Im unteren Stockwerk waren Büros untergebracht, darüber gab es auf drei Etagen Wohnungen. »Von hier aus hat der Täter angerufen und unseren Pfarrer bedroht.«

»Wie gehen wir vor?«

»Wohl oder übel müssen wir klingeln.«

»Bei allen?«

»Ich fürchte, ja. Der Täter ließ sich nicht ermitteln, weil die Nummer von einem Prepaid-Handy stammt. Da ist es schwer, den Halter zu ermitteln. Hätten wir es mit einem Vertrags-Handy zu tun, sähe die Sache anders aus.«

»Der Täter scheint nicht der Dümmste zu sein.«

»Das fürchte ich auch.«

Brauer und Katrin hatten die Hofeinfahrt erreicht. Ein eisernes Tor, das nur angelehnt war, schwang quietschend nach innen auf. Dann standen sie vor der Haustür, und Brauer legte die flache Hand auf das Klingelbrett. Er wollte gar nicht wissen, wie viele Menschen er jetzt aus dem Schlaf riss.

9.20 Uhr, Christ König

Tuckernd entfernte sich das Taxi über die Nevigeser Straße stadteinwärts. Die alte Dame schlug den Kragen ihres dunklen Mantels hoch und stapfte auf die Kirche zu. Der Herbst war über die Stadt hereingebrochen, und lange würden die Bäume das Laub nicht mehr halten können. Aus den Schornsteinen einiger umliegender Häuser kräuselte sich Rauch in den Himmel. Der kalte Wind trug das Glockenspiel des Turmes über den Gemeindehof und zerrte an dem schwarzen, breitkrempigen Hut der alten Dame. Sie fröstelte. Doch das alles störte die zierliche Gestalt nicht im Geringsten. Martha Behring freute sich auf die Heilige Messe.

Doch etwas schien an diesem Sonntag anders zu sein. Das spürte sie schon, als sie die Tür der Kirche öffnete und das Gotteshaus betrat. Es hatten sich bereits einige Gläubige auf den Bänken niedergelassen. Einige waren im stillen Gebet versunken, andere unterhielten sich flüsternd. Etwas schien drohend über Herz Jesu zu hängen, doch Martha Behring ahnte nicht, was. So bekreuzigte sie sich, nachdem sie die Fingerspitzen in das steinerne Weihwasserbecken getaucht hatte, nahm sich eines der Gebetsbücher und schritt am Kreuzweg Jesu vorbei nach vorn. Der Altar war bereits festlich geschmückt. Frau Behring sog den Geruch des Weihrauches tief ein und schloss sekundenlang die Augen, bevor sie sich am Rand einer Bank noch einmal in Richtung des Kreuzes verbeugte und dann in die Reihe stieg.

Seit dem Tod ihres Mannes hatte sie nicht mehr viel im Leben, was ihr Abwechslung und Freude bereitete. Sie lebte mit ihren einundachtzig Jahren sehr zurückgezogen in der viel zu großen Wohnung am Westfalenweg. Einst hatte sie die Wohnung mit Hans, ihrem Mann, und den Kindern bewohnt. Zunächst waren die Kinder herangewachsen und ausgezogen, dann war ihr Mann verstorben. Die schleichende Einsamkeit hatte sie erst realisiert, als sie sich alleine in der neunzig

Quadratmeter großen Wohnung befunden hatte. Jetzt brachte sie es nicht mehr übers Herz, die Wohnung zu verlassen, mit der sie so viele schöne Erinnerungen verband. Und nun pflegte sie stets zu sagen, dass man einen alten Baum nicht mehr verpflanzen solle, wenn man ihr nahe legte, sich eine kleinere Bleibe zu suchen. Doch sie würde bleiben, solange die Rente für ihren bescheidenen Lebensunterhalt und die Miete genügte.

Das alles ging ihr durch den Kopf, als sie sich nun auf die hölzerne Bank sinken ließ. Als wenige Minuten später das Orgelspiel einsetzte, schloss sie die Augen. Niemand sollte sehen, dass sie weinte. Niemand würde sich für sie interessieren, also wollte sie auch niemandem zur Last fallen.

9.40 Uhr, Elberfeld

Es war höchste Zeit, ins Bett zu kommen. Wenn er müde war, konnte er seine Erfolge nicht genießen. Niemand begegnete ihm, als er das Haus, in dem er schon seit Jahren wohnte, erreichte. Auf der Straße herrschte kaum Verkehr, und die Bürgersteige waren menschenleer um diese Zeit. Er genoss die Ruhe. Von diesen ruhigen Sonntagen ging fast etwas Feierliches aus. Die halbe Stadt lag noch in den Federn.

Im Treppenhaus roch es nach kaltem Mittagessen. Vermutlich hatte einer seiner idiotischen Nachbarn gestern vorgekocht. Verächtlich rümpfte er die Nase und nahm die steinernen Stufen in die erste Etage. Hier lag seine Wohnung. Er schloss so leise wie möglich auf und betrat die kleine Diele. Auf eine Diskussion mit Frau Huber hatte er keinen Bock – ja, sicher, er würde das Treppenhaus putzen. Mit dem Blut der Alten, wenn sie nicht endlich die Schnauze hielt. In seiner Wohnung roch es nach kaltem Rauch, nach Zigaretten. Und es roch süßlich. Er nahm diesen Geruch schon gar nicht mehr wahr. Der Duft von Cannabis hing in seiner Wohnung, breitete sich dominant aus und würde jedem, der ihn besuchte, auffallen. Aber wer sollte ihn hier schon besuchen? Niemand interessierte sich für ihn.

Ohne die Jacke auszuziehen, marschierte er ins Wohnzimmer und setzte sich an den Computer, der auf einem einfachen, eisernen Computertisch stand. Neben der graugelben Tastatur stand ein Aschenbecher, der bereits überquoll. Auf dem Monitor hatte sich eine klebrige Nikotinschicht gebildet, die das Bild trüb wirken ließ, doch das störte ihn nicht. Er ließ sich auf den Bürostuhl sinken und schaltete den Rechner ein. Es dauerte ein paar Minuten, bis der Computer einsatzbereit war. Dann rief er im Internet die Seiten der lokalen Nachrichtenticker auf. Nichts, kein Wort, kein Satz deutete auf seinen Feldzug hin. Das war gut, denn so hatte er noch ein wenig Zeit, sich vorzubereiten.

Zufrieden schaltete er den Rechner aus. Gähnend warf er die Jeansjacke über den Fernsehsessel, entkleidete sich und kletterte in das Französische Bett im Schlafzimmer. Ihm fehlten ein paar Stunden Schlaf. Ein Manko konnte er sich nicht leisten, jetzt nicht. Er musste fit sein. Gähnend schaltete er den Wecker ein, denn viel Zeit zum Ausruhen würde er nicht haben. Doch jetzt brauchte er erst einmal etwas Ruhe.

Während er in den Schlaf hinüberdämmerte, dachte er zurück an die Nacht mit Susanne. Sie war ein heißer Feger, und er hatte es ihr ordentlich besorgt. Selten zuvor hatte er eine so sexsüchtige Frau getroffen. Allein der Gedanke an Susanne genügte, um ihn erneut zu erregen. Vielleicht würde er sich noch einmal mit ihr treffen, vermutlich aber eher nicht. Er wollte kein Risiko eingehen, und er brauchte Susanne noch. Sie war Bestandteil seines Planes, würde von ihm ablenken.

Schon wenige Minuten später war er eingeschlafen.

9.40 Uhr, Uellendahler Straße

»Das war so ziemlich die peinlichste Aktion, die ich in meiner Polizeilaufbahn durchgezogen habe«, seufzte Katrin, als sie wieder auf der Straße standen.

Sie hatten rund zehn Mieter des Hauses mehr oder weniger aus dem Bett geklingelt und sie nach ihrem Handy befragt. Erfolglos, denn die wenigen Personen, die ein Prepaid-Handy ihr Eigen nannten, hatten andere Rufnummern. Nicht alle hatten aufgemacht – entweder waren die Bewohner gar nicht zu Hause, oder sie schliefen noch und hatten das Klingeln schlichtweg überhört. Eine schlechte Quote war das, was Brauer und Katrin zu verzeichnen hatten.

»Allerdings«, seufzte Brauer.

Seite an Seite marschierten sie hoch zum Baumarkt. Auf dem Parkplatz herrschte so gut wie kein Verkehr. Einige verschlafen wirkende Typen, teils in Schlappen, Jogginghosen und sogar Schlafanzügen mit übergezogener Jacke stapften auf den Seiteneingang des Baumarktes zu, der direkt zur Bäckerei führte. Die beiden gesellten sich zu den verschlafen wirkenden Gestalten und reihten sich in die Schlange der auf warme Brötchen Wartenden ein. Die kleine Bäckerei im Eingangsbereich hatte sonntags für zwei Stunden geöffnet, und so hatten sie beschlossen, sich einen Kaffee zu gönnen.

»Trotzdem steht fest, dass der Täter von diesem Haus aus angerufen hat«, nahm Brauer den Faden wieder auf.

»Vielleicht handelt es sich bei ihm auch um den Mitarbeiter der Büroräume, die sich im Erdgeschoss befinden«, überlegte Kramer. »Oder der Anrufer hat nur vor dem Haus gestanden, und er hat gar nicht von drinnen aus telefoniert. So genau lässt sich das mit der Ortung gar nicht feststellen.«

Als sie an der Reihe waren, bestellten sie sich an der Theke der Bäckerei zwei große Pott Kaffee und zwei Käsebrötchen, dann enterten sie einen der Stehtische.

»Wie geht es jetzt weiter?« Katrin blickte den Kollegen kauend über den Rand der großen Tasse hinweg an. »Glaubst du, dass es zwischen den Vorkommnissen einen Zusammenhang gibt?«

Er biss in sein Käsebrötchen und gestikulierte, da er mit vollem Mund nicht sprechen konnte. Dann fragte er: »Katrin – ich bitte dich: Wer hat es auf eine Kirchengemeinde abgesehen? Glaubst du, dass die Kirche hier in Wuppertal viele Feinde hat? Feinde, die einen Mord riskieren und Einbruch und Raub durchziehen, nur um die Gemeindemitglieder einzuschüchtern?« Brauer winkte ab und wischte sich die Brötchenkrümel aus den Bartstoppeln.

Bevor Katrin etwas erwidern konnte, meldete sich Brauers Handy. Er zuckte die Schultern und zog das Handy hervor. »Das Präsidium«, murmelte er nach einem Blick auf das Display. »Ja, habe ich«, sagte er, nachdem er sich gemeldet hatte. Brauer zog seinen kleinen Notizblock und einen Stift aus der Jackentasche. Während er das Handy zwischen Schulter und Kinn einklemmte, kritzelte er eine Adresse auf den Block. Er zwinkerte Katrin zu und zog anerkennend die Mundwinkel nach unten. »Danke«, sagte er dann. »Jetzt haben wir ihn endlich. Gute Arbeit, Jungs.« Er drückte den roten Knopf am Telefon und steckte das Handy zurück in die Tasche.

»Und?«, fragte Katrin ungeduldig.

»Wir haben ihn.«

»Wen denn?«

»Den Inhaber der Prepaidkarte, der Pfarrer Tütering letzte Nacht bedroht hat. Komm schon, es gibt Arbeit!« Er leerte eilig seine Kaffeetasse und machte Anstalten zu gehen.

Katrin legte der Bäckereiverkäuferin einige Münzen auf die Theke und folgte Brauer, der sich das Käsebrötchen in den Mund steckte und ins Freie stürmte. »Karl«, rief sie ihm kauend hinterher, doch Brauer stand schon am Vectra und fuchtelte mit den Armen in der Luft herum.

10.10 Uhr, Heilige Messe in Christ König

Die Küsterin spielte die Orgel, und in der Kirche roch es süßlich nach Weihrauch. Die heilige Kommunion war abgeschlossen, und bald schon würde die Sonntagsmesse vorüber sein. Mit weichen Knien suchte Martha Behring nach der heiligen Kommunion ihre Bank auf. Bevor sie den schmalen Gang betrat, bekreuzigte sie sich in Richtung des Altars, wo Pfarrer Tütering soeben den Kelch mit einem weißen Tuch reinigte und ihn den Messdienern übergab. Die Oblate hatte seltsam geschmeckt, ein wenig bitter vielleicht. Doch das wunderte die alte Dame nicht. Vermutlich lag das an den starken Tabletten, die sie heute Morgen zu sich genommen hatte.

Martha Behring spürte, wie ihr schwindelig wurde. Etwas stimmte nicht mit ihr. Unauffällig blickte sie sich um, doch ihre Banknachbarn schienen nichts von dem zu bemerken, was mit ihr vorging. Das Orgelspiel der Kirche von Christ König drang wie durch Watte an ihre Ohren und wurde in ihrem Schädel zu einer dumpfen Kakophonie, die Übelkeit in ihr hervorrief. Martha Behring ließ das in bordeauxrotem Kunstleder eingebundene Gotteslob achtlos fallen und klammerte sich an die Bank. Sie fühlte, wie sich Speichel in ihrem Mund sammelte, und schluckte. Das Singen ihrer Nachbarn klang dumpf und grotesk, fast als würde man die Schallplatte eines Altherrenchors zu langsam abspielen. Hitze stieg in ihren Kopf, und schwarze Punkte tanzten vor ihren Augen. Immer fester umklammerte sie die Rückenlehne der vor ihr liegenden Bank. Weiß traten die Knöchel ihrer dünnen Finger unter der faltigen Haut hervor. Sie starrte auf ihre Handrücken. Die braunen Altersflecken schienen sich vor ihren Augen in grinsende Fratzen zu verwandeln. Sie halluzinierte.

Bevor Martha Behring über den möglichen Grund ihres Unwohlseins nachdenken konnte, spürte sie, wie ihre Knie nachgaben. Kraftlos sackte sie zusammen, schlug mit dem Hinterkopf an der Bank auf, fühlte einen brennenden Schmerz, der ihren Rücken durchbohrte und schlug dann auf den harten Steinboden der Kirche auf. Das Letzte, was sie wahrnahm, waren die spitzen und entsetzten Schreie der alten Damen neben ihr. Dann wurde es dunkel um Martha Behring.

10.15 Uhr, Opphofer Straße

Kemal Üncülu hasste es, am frühen Sonntagmorgen geweckt zu werden. Er arbeitete im Schichtbetrieb als Staplerfahrer bei Johnson, und da sein Geld trotzdem vorn und hinten nicht ausreichte, jobbte er an den Wochenenden als Türsteher in einer Diskothek in Elberfeld. Was war das nur für ein beschissenes Land geworden, in das seine Eltern vor mehr als dreißig Jahren eingewandert waren? Soziale Absicherung bestand nur noch auf dem Papier, und wer nicht wie ein Wahnsinniger arbeitete, kam kaum über die Runden. Deshalb hatte er den Zweitjob in der Disco eines Freundes angenommen. Freitags und samstags stand er dort am Eingang und war für die Sicherheit der Gäste verantwortlich. Mit seiner kräftigen Statur, die er in jeder freien Minute im Fitnessstudio trainierte, hatte er gute Chancen in diesem Job. Erst vor drei Stunden war er endlich todmüde ins Bett gefallen, um jetzt von dem nervigen Klingeln an der Wohnungstür geweckt zu werden.

»Leck mich am Arsch«, brummte der zweiunddreißigjährige Türke und zog sich das Kopfkissen bis über beide Ohren. Doch wer immer da bei ihm Einlass begehrte – er war verdammt hartnäckig. Jetzt wurde an die Wohnungstür gehämmert. Einer der Nachbarn mussten den oder die Besucher ins Haus gelassen haben. »Aufmachen – Polizei!« Wieder wurde gegen das massive Holz der Tür gepoltert.

»Polizei?« Kemal Üncülü richtete sich im Bett auf. Was hatte das nun wieder zu bedeuten? Hatte es noch Ärger in der Disco gegeben, nachdem er Feierabend gemacht hatte? Gähnend richtete sich der junge Mann auf und marschierte nur mit Boxershorts bekleidet zur Wohnungstür. Er blinzelte und starrte durch den Spion. Vor der Tür stand eine blonde Frau, er schätzte sie auf Mitte dreißig, und ein Mann in ihrem Alter. Er war unrasiert und wirkte übernächtigt.

Jetzt hielten sie ihre Dienstausweise vor den Spion. Scheinbar hatten sie bemerkt, dass sich in der Wohnung etwas getan hatte. »Bitte öffnen Sie, wir wissen, dass Sie zu Hause sind.«

»Ist ja schon gut«, brummte Üncülü und drehte den Schlüssel, der sicherheitshalber im Schloss steckte, herum. Dann nahm er die stabile Sicherheitskette ab und zog den massiven Riegel zurück. Nachdem er die Tür einen Spaltbreit geöffnet hatte, wurde sofort ein Fuß in die Tür geschoben. Somit war verhindert, dass er die Tür wieder hätte zuschlagen können. »Scheiße – was soll das?«

»Haben Sie Angst?«, fragte ihn die Frau und deutete auf die vielen Sicherheitseinrichtungen an der Wohnungstür.

Üncülü seufzte, öffnete die Tür nun ganz und schüttelte den Kopf. »Ich bin ein ... sehr vorsichtiger Mensch, mehr nicht.« Er gähnte ungeniert und strich sich durch das Gesicht. Die dunklen Bartstoppeln raschelten. »Was wollen Sie?«

»Dürften wir vielleicht reinkommen?« Die junge Frau lächelte. Eine rein rhetorische Frage.

Üncülü seufzte noch einmal und gab den Eingang frei. »Kommen Sie.« Er führte seine Gäste durch einen gut vier Meter langen, schmalen Korridor in das Wohnzimmer. Die Vorhänge waren noch zugezogen

Die Beamtin fragte: »Wohnen Sie alleine hier?«

Üncülü nickte. »Ja – ist das ein Problem für Sie?«

Die Beamtin schüttelte den Kopf und ließ sich nicht von der abweisenden Art des jungen Mannes einschüchtern. »Nein, im Gegenteil.«

»Nehmen Sie Platz.«

Die Polizisten nickten und setzten sich.

»Ich ziehe mir schnell etwas an, wenn Sie nichts dagegen haben. Bin sofort wieder da.« Üncülü verschwand ins Schlafzimmer.

»Dann schießen Sie mal los«, sagte Üncülü und ließ sich ihnen gegenüber auf den Ledersessel sinken. Er musterte seine Besucher aufmerksam und mit zusammen gekniffenen Augen.

»Wo waren Sie heute Morgen zwischen halb drei und sechs Uhr?«, stellte Brauer die erste Frage.

»Arbeiten.«

»Darf man wissen, als was Sie um diese Uhrzeit und dazu am Wochenende arbeiten?«

»Ich verdiene mir etwas Geld zusätzlich als Türsteher in einer Disco in Elberfeld. Auf Vierhundert-Euro-Basis, alles ganz offiziell und legitim.

»Wir sind eigentlich auch wegen Ihres Telefons hier.«

»Was ist damit?« Kemal grinste überheblich. »Sind Sie jetzt auch gleichzeitig von der Telekom und beheben Störungen? Oder wollen Sie mir einen neuen Tarif andrehen?«

Brauer ging nicht auf die spitze Bemerkung Üncülüs ein. »Die Rede ist von Ihrem Handy. Ein Prepaid-Gerät.«

»Das habe ich schon lange verkauft. Auf dem Vohwinkler Flohmarkt, wenn Sie es genau wissen wollen. Ich habe trotzdem noch ein Handy, allerdings ein Vertragshandy. Bei Vodafone, falls das Ihre nächste Frage sein sollte.«

»Das war ja wohl ein Schuss in den Ofen«, maulte Brauer, als sie wieder unten auf der Straße standen. »Den Käufer des Prepaidhandys finden wir nie.«

Schweigend gingen sie zum Wagen. Auf der Anfahrt hatten sie drei Runden um den ehemaligen Bunker am Platz der Republik drehen müssen, bevor sie einen freien Parkplatz unweit der Opphofer Straße gefunden hatten. Langsam erwachte das Viertel zum Leben. Kinder mit südländischem

Aussehen spielten auf der Grünfläche. Die Gegend war von einem hohen Ausländeranteil geprägt. Sie waren am Wagen angekommen. Brauer drückte den Knopf der Fernbedienung, und sie stiegen ein.

Katrin fragte: »Steht das Kaliber der Waffe fest, mit der Gerber erschossen wurde?«

Brauer nickte. »Der Bericht der Spusi kam heute Morgen. Gerber starb an einem neun Millimeter Kaliber, abgefeuert mit einer Geschwindigkeit von 340 Metern pro Sekunde.«

»Klingt nach unserer guten P6.«

»SIG Sauer 225 oder so was«, nickte Brauer mit grimmiger Miene. Die SIG war seit rund fünfundzwanzig Jahren als offizielle Dienstwaffe der Polizei im Einsatz, nannte sich dort kurz P1. Im Internet war es eine leichte Übung, an eine solche Pistole zu kommen, da war Brauer sicher. »Aber im Augenblick des Todes erlitt er einen Herzinfarkt. Gestorben wäre er also sowieso. Vermutlich hat der Überfall in der Kirche die Sache nur etwas beschleunigt. Seine Krankenakte war ziemlich lang, und das Herzleiden plagte ihn schon seit Jahren.«

»Armer Teufel«, murmelte Katrin.

»Wir sollten Gerbers Tochter mal auf den Busch klopfen. Vater und Tochter hatten laut Aussage von Pfarrer Tütering keinen Kontakt mehr. Was war der Auslöser dafür? Normalerweise sind die Verhältnisse zwischen Vater und Tochter immer sehr intensiv. Gab es Streit? Und wenn ja, was war der Grund für einen Streit, dass sie sich derart aus den Augen verloren? Oder hatten sie einen schlimmen Streit in der Kirche? Vielleicht hat sie ihn nach dem Gottesdienst besucht, zu einer Aussprache. Möglicherweise ist die Lage eskaliert, und sie erschoss ihn daraufhin.«

»Dann sollten wir uns endlich Gerbers Wohnung ansehen. Vielleicht finden wir dort auch einen Hinweis, weshalb er keinen Kontakt mehr zu seiner Tochter hatte.« Brauer startete den Motor und lenkte den Dienstwagen in Richtung Schwesternstraße.

Die Glocken der Thomaskirche schallten durch die friedliche Sonntagsluft. Gläubige strömten in das Gotteshaus. Katrin dachte daran, dass auch Pfarrer Tütering gerade seine Messe feierte. Eine Messe, die von grausamen Ereignissen überschattet wurde.

»Karl?«

»Was?« Er blickte nach vorn.

»Schön, dass du wieder im Team bist.«

»Ich war nie weg.«

»Körperlich nicht, aber ich bin froh, dass die Zusammenarbeit mit dir wieder Spaß macht.« Katrin lächelte sanft zu ihm hinüber. Sie beschloss, mal wieder mit ihm ein Bier trinken zu gehen. Er hatte verdammt viel mitgemacht in den letzten Monaten und er war ein armes Schwein. Nun stürzte er sich wieder in die Arbeit und ging sogar mit dem nötigen Biss an den Fall heran. Es war eine Frage der Zeit, bis sie Gerbers Mörder finden würden, dachte Katrin.

Dass sie sich da schrecklich irrte, ahnte sie in diesen Minuten noch nicht ...

Auf dem Weg zu Gerbers Wohnung meldete sich Katrins Handy. Sie zog es hervor und stellte mit einem Blick auf das Display fest, dass es sich bei dem Anruf um Peter, ihren Exmann, handelte.

»Ich habe meine Tochter zum Eisessen geholt, aber du dürftest sie ja sowieso nicht vermissen, da du es mal wieder vorziehst, Verbrecher zu jagen«, kam er ohne Umschweife auf den Punkt

»Es geht um Mord, und ich finde es ganz rührend, wie du dich um deine Tochter kümmerst, wenn deine Tussi sich mit ihrer besten Freundin zum Squash am Dönberg verabredet und keine Zeit für dich hat«, konterte Katrin spitz. Obwohl sie sich keine Schwäche eingestehen wollte, so ging ihr Peters Vorwurf doch unter die Haut. Sie hasste Peters neue Freundin, die in ihren Augen eine oberflächliche Karrierefrau war und in der Verwaltungsebene eines Konzerns am Rand der Stadt arbeitete. Vermutlich hatte sie sich hochgevögelt, aber davon wollte Peter nichts wissen. Fest stand, dass Kinder nicht in Heides Lebensplanung passten; und die Tatsache, dass Peter eine Tochter aus erster Ehe mit in die Beziehung brachte, passte nicht in ihr Leben. Anstatt dem Kind die nötige Liebe als »die Neue an Papas Seite« zu geben, überschüttete sie Sophie mit unnötigen und zudem sündhaft teuren Geschenken. Peter sah die Welt durch eine rosarote Brille und wollte von alldem nichts wissen. Er liebte seine Heide, wie er noch nie zu vor eine Frau geliebt hatte, das hatte er auch Katrin gegenüber unumwunden zugegeben.

»Es kann nicht sein, dass unser Kind an den Wochenenden alleine zu Hause rumhängt, weil du deinem Job nachgehst, vierundzwanzig Stunden am Tag und sieben Tage die Woche. Wir müssen dringend reden, so geht das nicht weiter, Katrin.«

»Du willst reden?«, fragte Katrin scharf. »Seitdem du mit dieser Tussi zusammen bist, hast du dich um hundertachtzig Grad gedreht. Mein Gott, sie muss ja unglaublich gut im Bett sein. Peter – du bist ihr hörig, also mach mir bitte keine Vorhaltungen über die Erziehung meiner Tochter!« Tränen der Wut traten in Katrins Augen. »Du suchst dir die Zeiten aus, wann du den Vater raushängen lassen kannst. Und in der Zeit, wo ein Kind nicht in dein Leben passt, ist sie halt bei mir. Das ist es doch!« Bevor Peter antworten konnte, drückte sie den roten Knopf und ließ das Handy in der Jackentasche verschwinden. Mit tränenverschleiertem Blick starrte sie nach vorn.

»Macht er wieder mal eine Welle?«, fragte Brauer mitfühlend. Er hatte nie einen Hehl daraus gemacht, Peter nicht leiden zu können.

Katrin nickte stumm.

»Tut mir leid. Er ist ein Arsch, 'tschuldigung. Aber Sophie wird auch älter und vernünftiger. Sobald sie geschnallt hat, wie ihr Vater und seine Freundin mit ihr umspringen, wird sie sich von ihm zurückziehen.«

»Bist du sicher?«

»Hundert Pro.« Brauer grinste und strich ihr eine Träne aus dem Gesicht, die sich den Weg über die Wange in Richtung Mundwinkel gebahnt hatte.

Seine fast zärtliche Berührung tat ihr gut. Katrin lächelte matt, zog ein Papiertaschentuch hervor und schnäuzte sich die Nase. »Tut mir auch leid. Dieser Kerl versteht es immer wieder, mich aus der Bahn zu werfen.«

»Und jetzt?«

»Verprügel ihn für mich – bitte.« Katrin grinste. Sie hatte ihren trockenen Humor wiedergefunden. »Nein – im Ernst: Was soll jetzt sein? Weiter mit der Verbrecherjagd. Das bin ich dem Pfarrer schuldig.«

10.40 Uhr, Vogelsangstraße

»Gibt es eigentlich schon irgendwelche Ergebnisse der Spurensicherung, von dem Kaliber der Tatwaffe einmal abgesehen?«

Brauer warf Katrin einen irritierten Blick zu. Er lenkte den Dienstwagen gerade durch den oberen Bereich des Mirker Hains. Einige Hundebesitzer waren bereits mit ihren vierbeinigen Lieblingen im Wald unterwegs. Am Ende der Vogelsangstraße bog er links ab in den Westfalenweg. »Was meinst du?«

»Hat man bei Gerber nichts gefunden? Fasern, Haare, DNA-Spuren, was weiß denn ich?«

»Du darfst nicht vergessen, dass die Kirche vor dem Mord an dem Küster noch voll war. Da hat doch die Messe stattgefunden. Vermutlich hat jedes Gemeindemitglied Spuren hinterlassen.«

»Dann müssen wir jeder Spur nachgehen, auch, wenn das verdammt viel Arbeit sein wird«, überlegte Katrin und rieb sich den Nasenrücken. Es hatte wieder ein feiner Nieselregen eingesetzt, der die Stadt mit seinem feuchten Tuch überzog.

Brauer blickte seine Kollegin an wie eine Geisteskranke. »Katrin, bitte ...«

»Es geht um Mord«, erinnerte sie ihn. »Und so wie alles aussieht, steckt noch viel mehr dahinter. Bis jetzt ist es Mord und Kunstraub. Offen gestanden, habe ich keine Ahnung, wie wir den Schrein der Heiligen Therese finden sollen.« Sie trommelte nervös auf dem Armaturenbrett herum. »Auch da warten wir wieder auf die Ergebnisse der Surensicherung. Mich würde brennend interessieren, was die Kollegen in der Sakristei gefunden haben.«

»Dann fragen wir sie doch einfach.«

Bevor Brauer etwas erwidern konnte, meldete sich Katrins Handy. Sie befürchtete einen neuen Anruf von Peter und spürte den schweren Bleigürtel, der sich um ihren Brustkorb legte, als sie nach dem Telefon griff. Als sie die Nummer im Display erkannte, bildete sich eine steile Sorgenfalte auf ihrer Stirn.

»Und?«, fragte Brauer. »Wer ist es?«

»Pfarrer Tütering«, antwortete Katrin heiser. Sie spürte förmlich, dass wieder etwas vorgefallen war. Der Fall wuchs ihr langsam über den Kopf. Sie bemühte sich um einen festen Klang ihrer Stimme, als sie sich meldete.

Brauer hatte den Wagen vor einer Garageneinfahrt geparkt und lauschte gespannt dem Telefonat.

Kramer nickte, sagte ein paar Mal »Ja« und »Okay«, dann warf sie ihm einen hektischen Blick zu. »Das war richtig«, rief sie dann in den Hörer. »Ist gut, wir kommen sofort.« Sie drückte den roten Knopf und blickte Brauer an wie einen Geist.

»Und?«

»Es hat schon wieder eine Tote gegeben«, murmelte sie tonlos. »In der Kirche, während der Messe. Eine alte Frau ist einfach umgekippt und war auf der Stelle tot.«

»Scheiße.«

Katrin zog das Blaulicht mit der Magnethalterung aus dem Handschuhfach, ließ das Seitenfenster herab und befestigte das Blaulicht auf dem Dach. »Gib Gas, worauf wartest du?«

Brauer löste die Bremse. Die Reifen radierten über den feucht glänzenden Asphalt, dann packte das Profil, und der Opel schoss nach vorn. Mit knapp achtzig Stundenkilometern steuerte er den Dienstwagen über die nasse Straße. Feuchtigkeit und Laub bildeten eine gefährliche Rutschbahn, und Brauer hatte Mühe, den Vectra in der Spur zu halten, wollte aber keine unnötige Zeit verlieren. »Ruf mal die Kollegen von der Zentrale an, wegen der Blaulichtfahrt«, empfahl er ihr. »Ich will nicht, dass wir Ärger kriegen.«

11.53 Uhr, ein Garagenhof bei Schloss Lüntenbeck

Niemand hatte ihn beobachtet, wie er in den Morgenstunden den alten Passat Kombi in die Garage rangiert hatte. Danach hatte er sich ein, zwei Stunden Schlaf gegönnt. Doch er war noch lange nicht am Ziel. Jetzt blickte er sich ein letztes Mal um, bevor er in die Garage schlüpfte und das altmodische Holztor hinter sich zuzog. In Gedanken ging er alles noch mal durch. Die Pistole war weg, an einem Versteck, wo sie unter Umständen noch ihren Zweck erfüllen würde. Das Handy schaltete er nur dann ein, wenn er es wirklich brauchte. Schließlich sollten sie ihn nicht orten können. Und das kleine Glasfläschchen mit der Chemikalie trug er in der Innentasche seiner Jacke bei sich.

Jetzt war er erst mal hier, um seine Beute zu begutachten. Bislang hatte er dazu keine Zeit gefunden. Seine Hände glitten über den rauen Putz, suchten und fanden den altmodischen Lichtschalter und betätigten ihn. Die Neonröhre an der Decke flackerte auf. Der Starter summte, dann hatte sich die Neonröhre stabilisiert und warf ihren kalten Schein auf den stumpfen, dunkelroten Lack des Passat Variant. In der Garage roch es nach Reifen und Benzin. Er atmete tief ein, als würde es sich um einen besonders kostbaren Duft handeln. Früher, als Kind, hatte er oft seinem Vater geholfen, wenn dieser samstags den alten Käfer der Familie repariert hatte. Dieser Duft erinnerte ihn an die Zeit, als noch alles in Ordnung war. Er war ein guter Junge gewesen, hatte den Eltern nie Schwierigkeiten gemacht. Nicht einmal mit einem Fußball eine Fensterscheibe hatte er zerstört – sah man einmal von der Stinkbombe ab, die er dem alten Meckeropa aus dem zweiten Stock in den Keller geworfen hatte.

All diese Erinnerungen tauchten schlaglichtartig vor seinem geistigen Auge auf, während er sich an der Kofferraumklappe seines Kombis zu schaffen machte. Mit einem sanften Zischen drückten die kleinen Gasdruckfedern die schwere Klappe nach oben. Nein, er hatte seinen Eltern nie Schwierigkeiten gemacht, und alles war glatt und sorgenfrei verlaufen in seiner Kindheit. Ein wenig sehnte er sich nach dieser Zeit zurück, doch sein Vater war tot, und seine Mutter seit Jahren in einem Pflegeheim. Sie hatten ihn zurückgelassen, allein auf dieser beschissenen Welt, in der es nur um Geld ging. Seitdem er auf eigenen Füßen stand, hatte er niemanden mehr an sich herangelassen.

Mit einem Kopfschütteln wischte er die sentimentalen Erinnerungen fort und besann sich auf die Gegenwart. Er musste funktionieren.

Nachdem er sich ein letztes Mal versichert hatte, dass er ungestört war und sich niemand auf dem Garagenhof aufhielt, wandte er sich seinem Schatz zu. Ein breites, triumphierendes Grinsen legte sich auf sein Gesicht, als er die alten, staubigen Wolldecken von dem rechteckigen Gegenstand zog, der auf der Ladefläche des Kombis war. Da lag er in seiner vollen Pracht vor ihm, der Schrein der Heiligen Therese von Lisieux. Seine Finger glitten fast zärtlich über das dunkle Holz der Reliquie. Zu gern hätte er gewusst, welchen Wert die Reliquie hatte. Allein die Ornamente, Edelsteine und Gold, waren sicherlich ein Vermögen wert. Den kompletten Schrein würde er unmöglich auf dem Schwarzmarkt verkaufen können, denn der Schrein war auf der ganzen Welt einzigartig und würde nach dem Diebstahl sicherlich Kunstinteressierte auf ihn aufmerksam machen. Er musste vermeiden, dass die Spur geradewegs zu ihm führte. Aber das stellte ihn nicht ernsthaft vor Probleme. Sicherlich waren auch die einzelnen Teile des Schreins ein Vermögen wert.

Er wandte sich von dem Schrein ab und blickte sich in der Garage um. Aus dem rostigen Eisenregal an der Wand nahm er einen Hammer, einen groben Schlitzschraubendreher mit Holzgriff und einen Meißel. So bewaffnet kehrte er zum Heck des Kombis zurück und überlegte einen Moment lang, wo er anfangen könnte. Die einzelnen Ornamente und Verzierungen des Schreins würde er sicherlich gut verkauft bekommen. Kurz entschlossen setzte er den Meißel an einem großen, rubinroten Edelstein an und drückte die blitzende Metallklinge in das dunkle Holz. Vermutlich war der schimmernde Stein nur auf das Holz geklebt. Dass die goldene Metallfassung leiden würde, wenn er den Stein heraushebelte, konnte er verschmerzen. Es kostete kaum Kraft, den Edelstein aus dem Schrein zu hebeln. Das Holz splitterte, die Metallfassung deformierte sich, und schon löste sich der Rubin aus der Fassung.

So leicht hatte er es sich nicht vorgestellt. Jetzt würde er sich holen, was ihm zustand. So würde es jetzt immer sein. Lange genug war er der brave Junge von nebenan gewesen, der den ehrlichen Weg im Leben gegangen war und es dennoch zu nichts gebracht hatte. Er spuckte auf sein altes Leben. Es war an der Zeit, zu siegen.

Nie wieder würde er um Almosen bitten. Er würde sich nehmen, was er brauchte, und er würde vor nichts zurückschrecken.

Als er den Klunker in der Hand hielt und ihn gegen das Licht hielt, schlug sein Herz ein paar Takte schneller. Das Material fühlte sich kalt und glatt an. Schwer lag der Stein in seiner Hand. Dann löste er sich aus der Lethargie und bückte sich, um durch den Laderaum des Passat einen Blick auf die große Uhr im Armaturenbrett werfen zu können.

»Mist«, brummte er. Die Zeit rannte förmlich. Er musste dringend verschwinden. Achtlos warf er das Werkzeug neben den Schrein auf die Ladefläche und zupfte die Decken wieder zurecht. So würde niemand, der zufällig seine Garage betrat, vermuten, welch kostbarer Schatz sich auf der Ladefläche des alten Variant befand.

Den Rubin steckte er sich in die Hosentasche, dann drückte er die Kofferraumklappe des Passat ins Schloss, öffnete das zweiflügelige Garagentor einen Spaltbreit und steckte den Kopf ins Freie. Erst als er sich davon überzeugt hatte, dass die Luft rein war, stieß er das Tor ganz auf, löschte das Licht und schloss den Wagen ab. Er musste sich beeilen, wenn er nichts verpassen wollte. Und der nächste Akt seines eigenen Theaterstückes stand unmittelbar bevor.

11.55 Uhr, Christ König

»Ich verlange, dass endlich ein Amtsarzt hier erscheint und die Todesursache feststellt«, wetterte Brauer mit hochrotem Kopf. Dumpf hallte seine Stimme von der Decke und den steinernen Wänden zurück. Katrin zuckte unwillkürlich zusammen. So hatte sie Karl Brauer schon lange nicht mehr erlebt. Wie ein ruheloser Tiger wanderte er, mit dem Handy am rechten Ohr, durch die jetzt fast menschenleere Kirche von Christ König. Er telefonierte mit der Einsatzleitstelle.

»Es ist mir scheißegal, ob Sonntag ist oder irgendein anderer Tag. Hier läuft ein Verrückter rum, der es offenbar auf die Gemeindemitglieder abgesehen hat. Es wäre schön, wenn wir mal das fachmännische Urteil eines Amtsarztes bekommen würden, um so etwas wie ein Schema erstellen zu können. Also klingelt von mir aus jemanden aus dem Bett.«

Die Kollegen vom Streifendienst waren fast zeitgleich mit Katrin und Brauer am Westfalenweg eingetroffen, um den Tatort abzusperren. Pfarrer Tütering hatte die Messe abgebrochen und die Besucher der Messe eilig nach Hause geschickt. Die alte Dame, die unmittelbar nach Empfang der Heiligen Kommunion leblos zusammengesackt war, hatte man provisorisch mit einem Tuch abgedeckt. Am Leichnam von Martha Behring waren keine äußeren Einwirkungen festzustellen. In Katrin keimte ein Verdacht auf, den sie aber noch nicht äußerte. Zunächst wollte sie die Urteile der Spurensicherung und des von Brauer georderten Amtsarztes abwarten. Sie schloss insgeheim aber schon jetzt aus, dass die alte Dame eines natürlichen Todes gestorben war. Es wurmte sie, dass der Täter ihnen stets einen Schritt voraus war. Bis jetzt standen sie mit leeren Händen da.

»Wir brauchen die Adresse von Gerbers Tochter.«

»Jetzt?«

Katrin nickte. »Ja, sofort.«

Brauer nickte und rollte mit den Augen, bevor er sich wieder seinem Gesprächspartner am anderen Ende der Leitung widmete. »Es ist mir egal, ob Sonntag ist. Wir haben hier eine Tote zu beklagen, die zweite schon innerhalb von vierundzwanzig Stunden. Und ich habe keinen Bock darauf, auf den endgültigen Obduktionsbericht der Gerichtsmediziner in Düsseldorf zu warten. Scheiß auf die Bürokratie, ich stehe schließlich am Montag vor dem Alten und kann nichts vorweisen.« Kurze Pause, dann: »Diesmal nicht, nein. Und wenn der Amtsarzt nicht in fünfzehn Minuten hier ist, reiß ich euch den Arsch auf, ist das klar?« Er unterbrach die Verbindung und steckte das Handy weg.

Nun musste Katrin doch lächeln. »Mann«, sagte sie. »Dem hast du es aber gegeben. Ruf ihn an.«

»Wen soll ich anrufen?«

»Kittler. Klingel den Alten aus dem Bett. Dann kann er uns morgen nicht die Hölle heiß machen, weil wir mit leeren Händen vor ihm stehen.«

»Lass Kittler mal, wo er ist, es reicht, wenn wir ihn morgen wieder vor der Nase haben.« Brauer winkte ab.

Katrin zuckte die Schultern und deutete auf die tote Frau unter dem Stofftuch. »Was, wenn sie wirklich an Herzversagen oder einem ähnlichen Symptom verstorben ist? Ich meine, schließlich war sie nicht mehr die Jüngste.«

Brauer lächelte grimmig. »Kriegst du jetzt kalte Füße? Lass mich mal machen, Katrin. Ich könnte meinen Arsch darauf verwetten, dass da mehr hinter steckt.«

»Dein Wort in Gottes Ohr«, erwiderte Katrin.

Junge, dachte er voller Stolz. Das ist großes Theater. So ähnlich musste es an einem Drehort aussehen, wo sie einen Tatort fürs Fernsehen drehen. Mit dem Unterschied, dass hier alles echt war. Unzählige Polizeiwagen säumten die Zufahrt zur Kirche. Dazwischen immer wieder einige zivile Fahrzeuge, die er anhand der doppelten Dachantenne im Heck als Kripofahrzeuge identifizierte. Auch ein Notarztwagen parkte schräg am Rand des schmalen Weges. Das rotweiße Absperrband umzäunte den gesamten Pfarrhof. Er war nur einer unter vielen Schaulustigen, aber er war sicherlich der Einzige, der wirklich wusste, was hier geschehen war.

Weiter vorn rannte ein untersetzter Mann mit Dreitagebart und einer hochwertigen Kamera herum, der sich angeregt mit einem der Streifenpolizisten unterhielt. Scheinbar versuchte er vergeblich, an Informationen zu kommen.

Die Presse, triumphierte er. Ja, er war eine große Nummer. Am liebsten hätte er dem Fotografen und den anderen Gaffern voller Stolz berichtet, dass dieses riesige Polizeiaufgebot sein Werk war. Doch er beherrschte sich. Nur nichts riskieren, mahnte er sich innerlich zur Ruhe. Jetzt durfte er nicht unvorsichtig werden. Noch war er nicht am Ziel. Er würde es diesen

Christen zeigen. Bald schon würden sie für das büßen, was sie ihm angetan hatten.

»Es ist an der Zeit, dass wir ein Täterprofil erstellen«, murmelte Brauer nachdenklich. Sie standen neben der Kirche und warteten noch immer auf den Amtsarzt. Die Kollegen der Spurensicherung waren zum zweiten Mal an diesem Tag angerückt und suchten nach Indizien in der Kirche. Brauer plante, eine »Soko Jesu« ins Leben zu rufen, sobald er wieder im Polizeipräsidium war. Die Ereignisse überschlugen sich in diesem Fall, und Kramer und er waren nicht in der Lage, dem oder den Tätern Paroli zu bieten. Er fühlte sich, als würde er gegen den Strom rudern, und dieser Umstand frustrierte ihn.

Ein kalter Wind pfiff um die Sandsteinmauern der Kirche. Die Besucher des Gottesdienstes standen mehr oder weniger unter Schock. Brauer machte einige Züge an seiner Zigarette. Katrins missbilligenden Blick ignorierte er. »Wir haben inzwischen zwei Tote zu beklagen, wovon einer definitiv Opfer eines Verbrechens wurde. Wir haben einen Kunstraub, und wir wissen, dass die alte Frau heute während der Messe leblos zusammensackte. Und wir haben einen rätselhaften dunkelhaarigen Hünen, der immer wieder auftaucht. Üncülü selber kann es nicht sein – er ist recht klein und schlank.« Brauer zuckte die Schultern. »Das ist mir alles zu wenig, Katrin.«

Brauer zog ein letztes Mal an seiner Zigarette, schnippte den Stummel zu Boden und trat ihn mit dem Absatz seiner Schuhe aus.

»Eigentlich ist dies eine Nichtraucher-Kirche«, riss ihn eine Stimme aus den Gedanken. Brauer fuhr herum und blickte in Pfarrer Tüterings vorwurfsvolles Gesicht. Prompt bückte sich der Kommissar, hob die Kippe auf und ließ sie in der Hosentasche verschwinden. Dafür erntete er von Katrin einen Blick, der sagen sollte: »Ich hab es dir gesagt, hör auf zu rauchen!«

»Hier stecken Sie also«, wechselte Tütering nun mit einem sanften Unterton in der Stimme das Thema. Er hatte sich umgezogen, trug nun eine dunkle Jeans und ein hellblaues Hemd, darüber einen Ostfriesennerz. »Ich habe Sie in der Kirche gesucht.«

»Wir warten auf den Amtsarzt.«

»Wissen die Gemeindemitglieder«, setzte Katrin an und suchte nach der richtigen Formulierung. »Ich meine, haben Sie den Besuchern des Gottesdienstes gesagt, dass ... dass ...«

»Sie wissen, dass Herr Gerber das Opfer eines schrecklichen Verbrechens wurde«, nickte Tütering mit belegter Stimme und senkte das Haupt wie im stillen Gebet. »Ich habe in der Messe darüber gesprochen. Auch von dem Einbruch in die Sakristei weiß die Gemeinde nun. Ich dachte, es sei wichtig, mit offenen Karten zu spielen. Vielleicht haben wir Glück, und wir erhalten einen wichtigen Hinweis von einem der Gemeindemitglieder. Vielleicht hat jemand etwas bemerkt oder gesehen und kann Ihnen den entscheidenden Tipp liefern.«

»Das wäre zu schön, um wahr zu sein«, lächelte Katrin. »Wie war denn die Reaktion der Besucher?«

»Ungläubig, ja, empört«, antwortete der Pfarrer. »Es ist ein schwarzer Sonntag in der Geschichte unserer Gemeinde. Man konnte es nicht glauben, dass Klaus Gerber nicht mehr unter uns weilt. Und der Raub der Reliquie ist allen unerklärlich. Zumal der Schrein einen eher ideellen Wert darstellt. Niemand kann ein derartiges Schmuckstück auf dem Schwarzmarkt verhökern, ohne dabei aufzufliegen.«

Katrin wunderte sich über die weltoffene Art des Pfarrers. Und sie begann ihn dafür zu mögen. Die katholische Kirche schien doch nicht mit all ihren Vertretern so angestaubt und weltfremd zu sein, wie sie es immer wieder in den Medien hörte.

»Die Kollegen haben den Schrein der Heiligen Therese in die Sachfahndungsliste aufgenommen. Mit etwas Glück taucht das gute Stück schon bald wieder auf«, versuchte Katrin Tütering zu beruhigen und tauschte einen schnellen Blick mit Brauer, der unmerklich die Schultern zuckte, was der Pfarrer aber entweder nicht bemerkte oder bewusst nicht darauf einging.

»Ich war inzwischen auch nicht ganz untätig und habe den Hausarzt der verstorbenen Frau kontaktiert«, bemerkte Pfarrer Tütering nun mit einem Lächeln auf den Lippen.

Unwillkürlich pfiff Katrin durch die Zähne. »Respekt«, entfuhr es ihr. »Wenn wir mal Verstärkung brauchen, wende ich mich sicherlich vertrauensvoll an Sie, Herr Pfarrer.« Dann wurde sie ernst. »Was haben Sie herausgefunden?«

»Nicht viel«, erwiderte Tütering und zog bedauernd die Mundwinkel nach unten. »Leider, muss ich in diesem Fall sagen. Die Krankenakte von Frau Behring gibt nichts her, was auf einen natürlichen Tod hinweisen würde. In diesem Falle wäre es mir wahrlich lieber, wenn sie an einer unheilbaren Krankheit gelitten hätte. Es wäre mir lieber als wenn sie ...«

»... als wenn Sie umgebracht worden wäre?«, beendete Katrin den von ihm begonnenen Satz und erntete dafür ein dankbares Lächeln des Pfarrers. »Ja«, nickte Tütering. »So meinte ich es. Ist es nicht schrecklich, was in einer Kirche geschieht?«

»Allerdings«, nickte Brauer nun. »Deshalb werde ich alles daran setzten, diesem Heini den Ar...«

»Karl!«, zischte Katrin.

»Ich werde alles daran setzen, den Täter dingfest zu machen«, murmelte Brauer nun, etwas kleinlaut.

»Übrigens habe ich noch etwas gefunden.« Tütering fummelte in der Tasche seiner Hose herum und zog einen silbrig glänzenden Schlüssel hervor.

»Was ist das?« Brauer stutzte.

»Der Schlüssel zur Wohnung von Klaus Gerber. Er bewohnte die Küsterwohnung, direkt hier auf dem Gelände. Wenn Sie also mögen, können Sie die Räumlichkeiten jetzt sofort besichtigen. Von mir aus brauchen Sie keinen Durchsuchungsbefehl oder dergleichen. Mir ist daran gelegen, dass Sie den Fall so schnell wie möglich aufklären. Vielleicht finden Sie in der

Privatwohnung von Herrn Gerber einen Hinweis, der zur Aufklärung des Falles führt.«

»Sie sind ein Schatz«, rief Katrin nun und beobachtete amüsiert, wie Pfarrer Tütering prompt errötete. Er überreichte ihr den Schlüssel und erklärte den Kommissaren den Weg zur Wohnung des Küsters.

13.50 Uhr, Uellendahler Straße

Wie aufgescheucht marschierte Susanne durch die Wohnung. Nichts deutete darauf hin, dass Bert zu ihr zurückkehren würde. Dieses Schwein, dachte sie und schüttelte ungläubig den Kopf. Er hatte sie für einen One-Night-Stand ausgenutzt und war dann im ersten Morgengrauen verschwunden. Nicht zum ersten Mal in ihrer Laufbahn als moderne Singlefrau fühlte sich Susanne dreckig und ausgenutzt.

Eilig klaubte sie ihre Kleidungsstücke zusammen, die in der ganzen Wohnung verteilt auf dem Boden herumlagen, und stopfte sie in die Waschmaschine. Ihre Hände zitterten leicht, als sie Weichspüler und Waschpulver in den kleinen Schacht am oberen Rand der Maschine einfüllte. Die Gedanken rasten durch ihren Kopf. Diesmal hatte sie sich wirklich ein wenig in den geheimnisvollen Mann verliebt. Diesmal hatte sie ihn an sich herangelassen, nicht nur körperlich, sondern auch an ihr Herz. Sie wählte an dem Drehschalter der Waschmaschine das Programm für Buntwäsche. Der große Knopf ratterte laut. Männer sind eben doch Schweine, hämmerte es in ihrem Schädel.

Nachdem sie die Waschmaschine eingeschaltet hatte und das Gerät laut Wasser sog, schlug sie die Badezimmertür zu und tigerte ins Wohnzimmer. Eilig richtete sie die verwühlten Kissen auf dem Sofa und zog die Jalousien auf. Dann ging sie zurück ins Schlafzimmer und zog die Betten ab. Die benutzte Wäsche kam ihr dreckig vor. Achtlos warf sie die Wäsche auf einen Berg. Sie nahm die Weingläser und die Flasche und brachte sie in die Küche. Nichts sollte sie mehr an den Besuch von Bert erinnern. Sie nahm sich vor, den Mann aus ihrem Leben zu verbannen.

Unsanft stellte sie die beiden Weingläser auf die Spüle. Prompt brach eines in Stücke. Eine Scherbe verletzte sie am Zeigefinger. Sofort rann ein tiefroter Blutfaden aus der Wunde. »Scheiße«, fluchte Susanne und lutschte an der Wunde. Pflaster, hämmerte es in ihrem Hirn. Wo waren die verdammten Pflaster?

Als sie sie im Bad fand und ihre Wunde versorgt hatte, reifte in Susanne ein Wunsch, den sie schon lange nicht mehr verspürt hatte: Sie nahm sich vor, zu beichten.

Dann verschwand sie unter der Dusche und drehte den Wasserstrahl auf. Bald schon prasselten die Wasserstrahlen angenehm auf ihre Haut herab. Obwohl sie ausgiebig duschte, wusste sie, dass es schwer werden würde, den Dreck der letzten Nacht einfach so abzuwaschen. Er hatte sie benutzt. Ekel stieg in ihr auf, und am liebsten hätte sie sich übergeben. Sie hasste diese Leere, die mit eiskalten Klauen nach ihr griff. Ja, nahm sie sich vor, ich werde beichten. Vielleicht würde sie sich dann endlich besser fühlen ...

14.05 Uhr, Christ König

Die Wohnung des Küsters lag in einem Seitentrakt des Pfarramtes. Es roch muffig, was aber daran liegen mochte, dass Gerber die Wohnung seit fast zwei Tagen nicht mehr betreten und entsprechend auch nicht gelüftet hatte. Rechts neben der Eingangstür gab es eine kleine Küchenzeile in Grauweiß aus den Siebzigerjahren. Der Nirosta-Stahl der Spüle sah aus, als sei das Becken noch nie benutzt worden. Alles glänzte und machte trotz des Alters einen neuwertigen Eindruck. Gerber schien sehr sorgsam mit seinem Mobiliar umgegangen zu sein. Nur um den Mülleimer schwirrten Obstfliegen. Gerber war wohl nicht mehr dazu gekommen, den Müll hinauszubringen.

Katrin und Brauer blickten sich in der Küche um. Weil sie nichts Auffälliges finden konnten, widmeten sie sich danach dem etwas größeren Wohnzimmer. Auch hier war die Einrichtung einfach und altmodisch, aber sehr sauber. An den Wänden hingen Landschaftsmalereien. Katrin und Brauer waren bemüht, nicht mehr als nötig anzufassen. Neben dem Fenster stand eine Telefonbank aus Eiche, daneben ein grüner Wählscheibenapparat aus längst vergangenen Zeiten der Deutschen Bundespost. Neben dem Telefon lag ein kleines, in schwarzes Leder gebundenes Buch. Katrin nahm es und blätterte darin herum. Die Einträge darin waren handschriftlich, mit königsblauer Tinte und in einer schwungvollen Handschrift verfasst. Kaum einer der Namen, die Katrin entzifferte, sagten ihr etwas. Am hinteren Einband des Buches fand sie einige Zettel mit Namen und Telefonnummern.

»Hier«, rief sie, in Brauers Richtung. »Das sollten wir uns auf dem Präsidium in Ruhe ansehen.«

Brauer war im Schlafzimmer gewesen und tauchte nun im Türrahmen auf. »Ein Tagebuch?«

»Nein, sein persönliches Telefonbuch.«

»Immerhin.« Brauer verschwand wieder von der Bildfläche. »Komm mal«, rief er über die Schulter.

Katrin nahm das Telefonbuch an sich und folgte ihm ins Schlafzimmer. Hier gab es einen bis zur Decke reichenden Kleiderschrank aus dunklem, gebeiztem Holz, dessen Türen offen standen. Auf den vermessingten Stangen hingen hauptsächlich dunkle Anzüge – Gerber schien selten Freizeitkleidung getragen zu haben. Hemden lagen, ordentlich gefaltet, auf dem Brett über der Kleiderstange, dunkle Socken und Feinrippunterwäsche befanden sich, ebenfalls gebügelt und gefaltet, unterhalb der Anzüge in einem großen Fach.

»Und?«, fragte Katrin und blickte sich um.

An der gegenüberliegenden Wand gab es ein Ehebett mit einem erdrückend wirkenden Überbau. In einem Fach tickte ein orangefarbener Wecker aus Blech, auch hier Siebzigerjahre-Stil. Katrin konnte sich beim besten Willen nicht vorstellen, in einer derart erdrückenden Atmosphäre ruhig schlafen zu können. Doch vor mehr als dreißig Jahren war dieser Einrichtungsstil durchaus üblich gewesen. »Wie furchtbar«, murmelte sie. »Was willst du mir zeigen, Karl?«

Er deutete stumm mit dem Kinn auf einige halterlose Bilderrahmen an der Wand über dem Bett. »Das da scheint seine Familie gewesen zu sein.«

Katrin trat an das Bett und musterte die Farbfotografien, die offenbar in den Siebziger- und Achtzigerjahren entstanden waren. Sie zeigten allesamt eine glückliche Familie. Auch Klaus Gerber war, um einiges jünger, als sie ihn gestern kennengelernt hatten, immer wieder zu sehen. Auf seinem Hochzeitsfoto vor der Kirche, dann im Anzug auf Schloss Burg, in der Begleitung einer jungen Frau mit schulterlangen, dunkelblonden Haaren und dem damals topmodischen kurzen Blümchenkleid. An der Hand hielten die beiden ein kleines Mädchen, die mit gerunzelter Nase in die Kamera blickte. Das gleiche Mädchen tauchte immer wieder auf Fotos auf. Irgendwann lächelte sie, bekleidet mit einem langen Kleid, in die Kamera. Stolz zeigte sie dem Fotografen ihre weiße Kerze, vermutlich eine Foto der Erstkommunion. Dann das gleiche Mädchen, inzwischen zur Frau herangewachsen, neben einem knallroten VW Käfer. Sie war sehr hübsch, das musste Katrin neidlos anerkennen.

»Das muss sie sein.«

»Seine Tochter?«

»Susanne, ja. Ihr Name stand auf einem Buch, das ich gefunden habe.« Brauer nickte. »Sie hat es ihm geschenkt und eine Widmung verfasst.«

Kramer zog das Telefonbuch hervor und blätterte darin herum. »Hier«, rief sie dann, nachdem sie den entsprechenden

Eintrag gefunden hatte. »Susanne, hier ist sie. Ich habe hier eine Festnetz- und eine Handynummer.«

»Wie praktisch.« Brauer trat hinter sie und blickte Kramer über die Schulter. »Eine Adresse fehlt leider.«

»Ich müsste mir die Anschrift meiner Tochter auch nicht in einem Notizbuch aufschreiben«, murmelte Katrin. »Eltern wissen in der Regel, wo sich ihre Kinder aufhalten.« Kurz dachte sie an Sophie, die sie an diesem Wochenende wieder einmal sträflich vernachlässigte. So schüttete sie Benzin ins Feuer und stärkte Peter in seinen Behauptungen. Katrin nahm sich vor, das zu ändern.

Brauer zog sein Handy hervor und tippte eine Nummer ein. »Ich brauche eine Anschrift. Ja. Susanne ... keine Ahnung, der Mädchenname muss auf Gerber hinauslaufen. Warte, ich habe zwei Telefonnummern.« Er nannte die Nummern und musste einen Augenblick warten. Während der Kollege im Präsidium den Computer befragte, zückte Brauer seinen Notizblock und einen Stift hervor. »Ja, ich höre, schieß los.«

Katrin beobachtete ihn und sah, dass sich eine steile Falte auf seiner Stirn bildete. »Moment ... da gibt es kein Versehen? Bist du ganz sicher? Komisch. Nein, nicht wegen dir. Dank dir erst mal.« Er unterbrach die Verbindung, starrte ungläubig auf sein Telefon und ließ es schließlich in der Jackentasche verschwinden.

»Mach es nicht so spannend!«

»Gerbers Tochter heißt Mallmann, war kurz verheiratet, ist aber schon wieder geschieden, daher der andere Nachname. Aber du glaubst nicht, wo Susanne Mallmann wohnt.«

»Aber du wirst es mir jetzt trotzdem verraten.« Katrin versuchte, ruhig zu bleiben. Manchmal war Brauer ein wenig seltsam, aber in diesem Augenblick wirkte er regelrecht verwirrt.

»Die Adresse lautet Uellendahler Straße 200. Das Haus, in dem wir heute Morgen schon waren.«

Langsam begriff Katrin, was Brauer so aus dem Konzept gebracht hatte. Offenbar waren sie Gerbers Mörder schon einmal verdammt nah gewesen.

14.25 Uhr, Uellendahler Straße

Das Klingeln der Türglocke riss sie aus ihren trüben Gedanken. Es hatte heute Morgen schon einmal geklingelt, doch sie hatte nicht geöffnet. Nun drehte sie eilig den Wasserstrahl der Dusche ab, frottierte ihren Körper und schlüpfte in den bereitliegenden Bademantel. Wenn jemand schon zum zweiten Mal an einem Sonntag bei ihr klingelte, dann schien etwas passiert zu sein. Vielleicht war Bert ja doch zurückgekehrt? Für einen kurzen Moment keimte Hoffnung in ihr auf. Hatte sie ihn zu schnell für sein stilles Verschwinden verurteilt?

Sie huschte zur Wohnungstüre und drückte den Knopf der Gegensprechanlage. »Ja bitte?«

Es rauschte im Lautsprecher, dann hörte sie die Stimme einer Frau. »Kriminalpolizei. Könnten Sie uns hereinlassen, Frau Mallmann, es ist sehr wichtig.«

Susanne war überrascht. Tief in ihrem Innern schlug eine Alarmglocke an. Etwas stimmte nicht. Sofort dachte sie wieder an Bert. War ihm etwas zugestoßen, und seine Spur führte nun zu ihr? Konnte Bert letzten Endes gar nichts dafür, dass er verschwunden war? »Worum geht es denn?«

»Nicht an der Sprechanlage, Frau Mallmann.«

»In Ordnung. Zweiter Stock.« Susanne drückte den Türöffner. Es dauerte ein, zwei Minuten, bis sich unten im Haus etwas tat. Ihre Neugier wuchs zu einer unermesslichen Spannung.

Ein langer Laubengang führte vorbei an einigen Wohnungstüren. Wenn man sich über die eiserne Brüstung beugte, konnte man hinunter in den Hof blicken. Dort standen geparkte Autos. An den Stellen, wo der rissige Teer aufgeplatzt war, rankte Unkraut in die Höhe. In einer Ecke standen große Mülleimer, die überquollen. Es roch muffig. Eine Distel rankte sich an einer rostigen Regenrinne empor. Auf der gegenüberliegenden Seite trocknete jemand Wäsche auf dem Balkon.

Weiter hinten schälte sich der Weinberg als sanfter Hügel aus dem Dunst. Bei diesem Wetter sah die Stadt nur trostlos aus, fand Katrin.

Am hintersten Ende des Ganges öffnete sich eine Tür. Das Erste was sie und Brauer erblickten, war ein buntes Handtuch, das sich die Frau um den Kopf geschlungen hatte wie einen Turban. Sie war schlank und hübsch, Anfang dreißig, schätzte Katrin. Mit etwas Fantasie erkannte sie in der Frau das kleine Mädchen auf den Fotos in Gerbers Wohnung. Jetzt wirkte sie übernächtigt. Dunkle Ringe lagen unter ihren Augen. Sie trug einen knallroten Frotteebademantel, der ihr bis zu den Knöcheln reichte. Und sie duftete gut. Eine feine Note von Badeschaum oder Duschgel wehte ihnen entgegen. Doch das Gesicht der jungen Frau glich einem einzigen Fragezeichen.

Die Sicherheitskette der Tür verhinderte, dass Katrin und Brauer die Wohnung von Susanne Mallmann betreten konnten. Um Missverständnissen vorzubeugen, zeigte Katrin ihren Dienstausweis. Susanne Mallmann betrachtete das Dokument lange, dann wanderte ihr Blick an Katrin vorbei zu Karl Brauer.

»Mein Kollege, Kommissar Brauer«, erklärte Katrin schnell. Auch Karl zückte nun seinen Ausweis. Er lächelte unverbindlich wie ein Staubsaugervertreter.

Ohne eine Antwort wurde ihnen die Tür vor der Nase zugeknallt. Katrin warf ihrem Kollegen einen fragenden Blick zu, als sie hörte, dass die massive Eisenkette von innen rasselte. Kurz darauf wurde die Wohnungstür ganz geöffnet, und Susanne Mallmann gab den Eingang frei. »Nichts für ungut, aber in diesem Haus kennt keiner den anderen, und sehr sicher fühle ich mich hier nicht. Deshalb auch die Kette.«

»Nichts spricht gegen eine vernünftige Einbruchsprävention«, lächelte Brauer und trat neben Katrin ein. In der Wohnung roch es nach kaltem Rauch.

»Gehen wir ins Wohnzimmer.« Susanne Mallmann ging vor den beiden Beamten in das große Zimmer. Obwohl es kein sonderlich heller Tag war, so war das Wohnzimmer doch lichtdurchflutet. Eine große Fensterfront zeigte zur Straße hinaus. »Nehmen Sie doch Platz.« Die junge Frau deutete auf das Sofa. Brauer und Katrin setzten sich. Die Frage nach einem Getränk verneinten beide. Sekundenlang herrschte Schweigen.

»Also – was kann ich für Sie tun?« Susanne Mallmann rückte sich den Fernsehsessel zurecht und zog die Beine an. Ihr Bademantel klaffte dabei einen Spaltbreit auseinander, und Brauers Blick fiel auf zwei schöne Beine. Er gab sich Mühe sie nicht anzustarren.

»Es geht um ihren Vater«, kam Katrin auf den Punkt. Sie wollte keine Zeit verlieren und achtete auf jede Regung in Susannes fein geschnittenem Gesicht.

Doch diese reagierte kaum sichtbar auf die plötzliche Konfrontation. Der Blick der jungen Frau glitt ins Leere. »Wir hatten schon lange keinen Kontakt mehr.«

»Das wissen wir.«

»Was wollen Sie dann von mir wissen?« Susanne Mallmann schob fast trotzig das Kinn vor und betrachtete die Beamten. Sie verschränkte die Arme vor der Brust.

Ablehnung, dachte Kramer, sie demonstriert mit ihrer Körperhaltung pure Ablehnung. »Ihr Vater ist einem schweren Gewaltverbrechen zum Opfer gefallen.« Sie legte eine Pause ein und bemerkte, dass sich eine steile Falte oberhalb der Nasenwurzel bildete. »Ihr Vater ist tot, Frau Mallmann. Es tut uns sehr leid.« Katrin hasste es, wenn sie Mitmenschen solche Nachrichten überbringen musste. Diesmal wusste sie aber nicht, in welchem Verhältnis Vater und Tochter gestanden hatten. Möglicherweise war Susanne Mallmann nicht ganz unschuldig am Tod ihres eigenen Vaters.

Tränen traten in Susannes Augen. »Scheiße«, murmelte sie tonlos. »Verdammte Scheiße.« Ihre Lippen bebten, dann barg sie das Gesicht minutenlang in den Armbeugen. Am Zucken ihrer schlanken Schultern konnten Brauer und Katrin erkennen, dass sie leise weinte. »Das hätte ich ihm nicht gewünscht

... trotz allem ... das nicht«, schluchzte sie in die Frotteeärmel ihres Bademantels. Dann hob sie den Kopf und blickte die Beamten aus verheulten Augen an. »Wie ... ich meine ... wie ist es passiert?«

»Er wurde aus nächster Nähe von seinem Mörder erschossen«, sagte Brauer in ruhigem Tonfall. »Nach der Messe gestern, in Herz Jesu.«

»Er wurde in der ... Kirche erschossen?« Susanne Mallmann schüttelte ungläubig den Kopf. Entweder war sie wirklich fassungslos, oder sie spielte ihre Rolle perfekt, dachte Katrin.

Brauer nickte und presste die Lippen zu einem schmalen Strich zusammen. »Ja – leider. Er hatte keine Chance.«

Katrin räusperte sich. »Es scheint, als wäre das nicht das einzige Verbrechen. Jemand scheint es auf die Gemeinde von Pfarrer Tütering abgesehen zu haben.«

»Bescheuert.«

»Wie bitte?«

»Bescheuert«, wiederholte Susanne und lachte verbittert. Sie zog ein Taschentuch aus der Tasche ihres Bademantels hervor und schnäuzte sich die Nase. »Wer hat es auf eine Kirchengemeinde abgesehen?«

»Das versuchen wir herauszufinden«.

»Kennen Sie Pater Brown?«

»Wer kennt ihn nicht«, antwortete Katrin lächelnd mit einer Gegenfrage. »Ist Pfarrer Tütering so wie Pater Brown?«

»Ein wenig schon, ja.« Sie wischte sich eine weitere Träne mit dem Ärmel ihres Bademantels ab und lächelte die Polizisten an. »Jedenfalls habe ich ihn als Kind so kennengelernt. Damals ging er bei uns zu Hause ein und aus, als würde er zur Familie gehören. Vater und den Pfarrer verband ein freundschaftliches Verhältnis.«

»Sind Pfarrer sonst nicht so?«

»Ich weiß nicht, bestimmt nicht immer. Ich mochte ihn immer gut leiden. Er hat große Stücke auf Dad gehalten. Sie waren ein eingeschworenes Team.« Jetzt stahl sich wieder eine

Träne den Weg aus ihrem Auge hinunter zum Mundwinkel. Sie wischte sie sich mit dem Ärmel des Bademantels fort. »Musste Dad leiden?«

»Nein.« Brauer schüttelte den Kopf. »Da ihn der Schuss aus einer kurzen Distanz traf, erlitt er keine Qualen.«

»Dann ist gut.« Ein schnelles, fast zufriedenes Nicken.

»Es heißt, sie hatten keinen guten Draht zu Ihrem Vater?« Katrin achtete auf jede Regung in ihrem Gesicht, doch die junge Frau nickte nur. Sie presste die Lippen zu einem schmalen Strich zusammen und starrte auf ihre Knie. »Wer sagt das? Ist auch egal, ja, das stimmt.«

»Wie kommt's?«, übte sich Katrin nun im lockeren Umgangston.

»Er war sehr katholisch.«

»Ist das ein Grund, seinen Vater zu hassen?«

»Wer sagt, dass ich ihn gehasst habe?«

Eins zu null, dachte Katrin mit einem feinen Lächeln auf den Lippen. Sie hatte die junge Frau bewusst provoziert. Hatte Susanne Mallmann damit gerechnet? War sie die eiskalte Mörderin, die ihren Vater umgebracht hatte? Mordgrund: Hass auf die katholische Kirche? Das kam ihr etwas abwegig vor, und dennoch wollte sie nichts ausschließen. »Erzählen Sie uns, warum Sie keinen Kontakt mehr zu ihrem Vater hatten?«

»Das ist eine lange Geschichte.«

»Wir haben Zeit.«

Ein Ruck ging durch Susanne Mallmann, und sie richtete sich im Sessel auf. Jetzt presste sie die Knie aneinander. »Sie müssen wissen, dass ich in einem sehr katholischen Haus aufgewachsen bin. Meine Eltern lebten für Gott, und dementsprechend wurde ich erzogen. Das Christentum bestimmte meine Erziehung. Ich musste jeden Sonntag mit zur Kirche, musste mich als Messdienerin melden, freiwillig, versteht sich. Ich musste in den Kirchenchor eintreten, wurde auf ein katholisches Internat in der Eifel geschickt. Dort gab es keine normalen Lehrer, sondern nur strenge Nonnen, die uns Kindern jeden Spaß verboten haben. Beten, beten und noch mal beten ... so sah meine Kindheit aus. Wussten Sie, dass von Schwestern geführte Internate früher dafür bekannt waren, dass die Kinder schlecht behandelt wurden? Heutzutage werden immer mehr Fälle von Misshandlungen in Internaten bekannt, aber niemand in den Orden will mehr etwas davon wissen. Die Nonnen waren streng, haben bestimmt so manche Seele gebrochen.«

»Wurden Sie auch misshandelt?«

»Nicht direkt. Trotzdem – ich fühlte mich abgeschoben und kam mir vor, als würde ich meinen Eltern nur zur Last fallen, als sie mich ins Internat abschoben. Das hat mir wirklich einen Knacks gegeben, wenn Sie verstehen?«

Brauer und Katrin schwiegen.

»Aber es war nicht nur das Internat. Auch später noch hielten mich meine Eltern an der kurzen Leine. Ich war sechzehn, als ich mich mit einem Freund treffen wollte. Meine Eltern haben es mir verboten. Mit sechzehn sei man noch nicht reif genug, um sich einen Freund zu suchen, wurde mir gesagt. Das ist doch nicht normal.« Die junge Frau blickte auf und schlug sich kopfschüttelnd an die Stirn. »Meine Eltern waren weltfremd, und die Schwestern im Internat völlig streng und total veraltet in ihrer Erziehung. Alles, was ich tat, wurde direkt als Sünde deklariert. Ich wurde zur Beichte geschleppt, sooft es ging. Schließlich war mein Vater ein angesehener Mann in der Gemeinde. Jeder kannte und schätzte ihn, und da war ich als missratenes Kind doch nur hinderlich.«

»Deshalb wurden Sie ins Internat geschickt?«, wagte Brauer nun eine Frage.

Susanne Mallmann nickte. »Mit Sicherheit. Meine Eltern waren froh, dass ich unter der Woche in der Obhut der Ordensschwestern war, die sich fortan mit meiner Erziehung auseinandersetzen mussten. Und obwohl ich an Gott glaube, so begann ich als Teenager, die Kirche zu hassen. Ich hatte es so satt, alles was ich tat, vor Gott verantworten zu müssen.

Ich hasste es, jeden Gottesdienst mitzumachen und mindestens dreimal am Tag zu beten. Alles, was mir Spaß machte, galt als Sünde. Jungs, Zigaretten und Alkohol waren für meine Eltern nichts als Teufelszeug. Ich lebte also mehr oder weniger brav und machte mich bald schon zum Gespött meiner Freundinnen. Und, entschuldigen Sie meine Offenheit: Ich hasste meine Eltern und gab ihnen die Schuld an meiner Qual. Ich hasste Gott, und ich hasste die Kirche.«

»Und Sie brachen den Kontakt zu Ihren Eltern ab?«

»Ja, aber erst nach Mutters Tod. Mit achtzehn zog ich von zu Hause aus, suchte mir eine kleine Wohnung, die viel zu teuer war. Eine Bruchbude in Oberbarmen, aber weit genug weg von meinen Eltern. Sie hatten mein Leben genug verpfuscht, fand ich damals. So war es selbstverständlich, dass sie mir die Miete nicht bezahlten. Und selbst wenn, von ihnen hätte ich keinen Pfennig angenommen. Also suchte ich mir eine Arbeit. Das Abi habe ich geschmissen, schließlich war ich jetzt volljährig und stand auf eigenen Beinen. Ich musste für mich selbst sorgen.« Jetzt warf sie das benutzte Taschentuch, das sie in der rechten Faust zerknüllt hatte, unter den Wohnzimmertisch. Katrin wunderte sich zwar darüber, aber sie schwieg und ließ Susanne Mallmann weitersprechen.

»Und das war das, was ich mir schon immer gewünscht hatte: Freiheit – mit allen Vor- und Nachteilen. Natürlich machte ich ohne Abitur nicht die Karriere, die sich meine Eltern für ihre Tochter erwünscht hatten, aber das war mir völlig egal. Da draußen wehte ein ungewohnt harter Wind, aber ich war bereit. Ich holte alles nach, was mir meine Eltern immer verboten hatten. Ich traf mich mit meiner Clique, wir machten Tag und Nacht Party, wir tranken viel und wir rauchten – nicht nur Zigaretten, wenn Sie verstehen?« Susanne Mallmann lächelte.

»Cannabis?«, fragte Kramer.

»Ja. Jemand brachte es mit, und alle fanden es unglaublich cool, Tüte zu rauchen. Irgendwann lief es darauf hinaus, dass das Gras der einzige Grund für unsere Treffen war. Es ging nur noch um die Frage, wer das Zeug besorgte und dass es für uns alle reichte. Die Drogen wurden härter, und das war der Punkt, an dem ich ausstieg. Zwei Leute aus der damaligen Clique haben eine Drogenkarriere hingelegt und sind inzwischen daran verstorben.«

»Hatten Sie keinen Entzug?«

»Nein, viel besser. Ich fand bald schon eine Ersatzdroge. Jörg. Wir verliebten uns viel zu schnell und heirateten nach acht Wochen. Natürlich nur auf dem Standesamt, denn keine zehn Pferde hätten mich zum Heiraten in die Kirche gekriegt.« Sie seufzte. »Es kam wie es kommen musste. Wir waren viel zu jung, stellten fest, dass wir zu unterschiedlich waren, und wir trennten uns. Ein Skandal für eine Eltern, denn der christliche Glaube sieht eine Ehe bis zum Tod vor. Scheidung war ein absolutes Tabu, und ich, die einzige Tochter der Gerbers, hatte es gebrochen. Ich hatte mich scheiden lassen.«

Katrin empfand Mitleid für die junge Frau und nahm sich vor, so niemals mit Sophie umzugehen. Ihre Tochter sollte sich so entfalten, wie sie es für richtig hielt.

»Es kam wieder und wieder zum Streit. Man stellte mich als das schwarze Schaf der Familie hin, und irgendwann reichte es einfach und ich trennte mich im Streit von meinen Eltern, der Kontakt brach für immer ab. Später starb Mutter. Ich kam zum Friedhof, nachdem alle Trauergäste und die heuchlerische Gemeinde verschwunden waren. Ich trat ans Grab und weinte leise, als ich meine Blumen am Grab niederlegte. So schlecht wie in diesem Augenblick hatte ich mich noch nie gefühlt. Seitdem habe ich keinen persönlichen Kontakt mehr zu Vater gehabt. An Weihnachten telefonieren wir, und zum Geburtstag kam nicht mehr als eine Glückwünschkarte von ihm. Ich hatte den Eindruck, dass er sich für mich schämte und mir heimlich die Schuld für das Unglück gab, das auf unserer Familie lastete. Er ging völlig in seiner Arbeit als Küster auf, lebte für Gott und die Kirche. Aber ich glaube, dass er tief in seinem Innern ein verbitterter alter Mann war.«

Sie seufzte. »Nun hat er es ja geschafft und kann wieder mit Mutter zusammen sein.« Susanne Mallmann lächelte, und es wirkte fast ein wenig befreiend.

»Was haben Sie gestern gegen achtzehn Uhr getan?«

»Gearbeitet, wie fast an jedem Samstag. Ich arbeite an der Kasse im Supermarkt. Glauben Sie etwa, dass ich ...«

»Und heute Morgen?«, unterbrach Brauer sie unwirsch.

»War ich hier.«

»Dafür gibt es keine Zeugen, vermute ich?«

»Doch ... schon.« Susanne Mallmanns erste Wut über die Anschuldigungen des Kommissars schien sich zu legen. Die Frage war ihr offensichtlich unangenehm. »Ich war nicht allein heute Nacht.«

»Sie haben einen Freund, nehme ich an?«, half Katrin nun.

»Nicht direkt. Ich war mit einer Freundin gestern auf der Ü30-Party. Das kann sie übrigens bezeugen. Und da habe ich einen Bekannten getroffen.«

»... mit dem Sie schließlich den Rest der Nacht verbrachten?«

»Ja. Hören Sie, wenn Sie das alles so brennend interessiert, dann ...«

»Ihr Liebesleben interessiert uns nicht«, beschwichtigte Katrin die junge Frau. »Solange Sie Zeugen und ein Alibi haben, sind Sie sicher.«

»Bedeutet das, dass ich unter Mordverdacht stehe?«

»Sie sind die Tochter des Mordopfers.« Katrin blickte sich suchend in der Wohnung um. »Darf ich trotzdem fragen, wo Ihr ... Freund ist?«

»Er ist weg.«

»Hatten Sie Streit?«

»Nein, er ist im Morgengrauen verschwunden. So sind die Kerle manchmal. Er hatte seinen Spaß, und jetzt ist er weg, so einfach ist das. Reicht Ihnen das?«

»Haben Sie einen Namen für uns?«

»Bert ... eigentlich ja Berthold. Ich kenne ihn eigentlich auch nur flüchtig. Er kommt ab und zu im Supermarkt einkaufen. Immer an meine Kasse, das war wohl Absicht.« Jetzt lächelte Susanne Mallmann versonnen. »Leider weiß ich nicht, wo er wohnt und ich kenne seinen Nachnamen nicht.«

»Dann muss das fürs Erste reichen«, brummte Brauer.

»Kennen Sie eine Martha Behring?« Die Frage stellte Katrin ganz bewusst unwillkürlich. Sie schoss sie förmlich aus der Hüfte und war auf die Reaktion der jungen Frau gespannt.

Und tatsächlich zuckte Susanne Mallmann ein wenig zusammen. Nachdem sie sich wieder gefangen hatte, nickte sie. »Ja, warum?«

»Sie ist ebenfalls tot.«

»Tante Martha war eine alte Frau.«

»Sie ist heute Morgen während des Gottesdienstes leblos zusammengebrochen. Jede Hilfe kam zu spät.«

»Wie konnte das passieren?« Susanne Mallmann rang nervös mit den feingliedrigen Händen. Die Nägel waren knallrot lackiert, stellte Brauer fest. »Die Todesursache steht noch nicht fest«, erklärte er. »Wir warten auf das Ergebnis der Obduktion.«

»Sie wird ... sie wird seziert?«

»Natürlich, das wird bei allen Toten so praktiziert, sobald der Amtsarzt feststellt, dass die Todesursache ungeklärt ist. Warum wundern Sie sich?« Eine steile Falte hatte sich zwischen Karl Brauers buschigen Augenbrauen gebildet.

»Nun, es klingt alles so ... so unrealistisch. Wie in einem schlechten Film.«

»Sie nannten Sie eben Tante Martha. Kannten Sie Frau Behring näher?«

»Sie war mit meinen Eltern eng befreundet, ja. Ansonsten weiß ich nicht sehr viel von ihr, außer, dass auch sie eine gläubige Christin war und für die Kirche lebte. Eigentlich lebte sie sehr zurückgezogen, aber sicher kann Ihnen Pfarrer Tütering mehr über Martha erzählen. Fragen Sie ihn doch einfach.«

»Das werden wir tun«, nickte Brauer.

Katrin hatte genug gehört. Sie erhob sich. »Vielen Dank für Ihre Erklärungen«, sagte sie, an Susanne Mallmann gewandt.

Die junge Frau erhob sich ebenfalls, und Brauer folgte ihrem Beispiel. An der Tür angekommen, wandte sich Katrin noch einmal zu ihrer Gastgeberin um. »Würde es Ihnen etwas ausmachen, mir Ihre Telefonnummer zu geben? Ich meine, für den Fall, dass wir noch eine Frage haben.«

»Natürlich. Am besten gebe ich Ihnen meine Handynummer, da ich in Vollzeit arbeite und nur abends zu Hause bin.«

Katrin zückte einen kleinen Notizblock und schrieb die Nummer auf, die Susanne Mallmann ihr diktierte. Schon nach den ersten Ziffern stellte sie ein wenig enttäuscht fest, dass es nicht die Nummer war, nach der sie suchten.

»Und?«, fragte Brauer, als sie in den Wagen einstiegen. »Hat sie ihren Vater auf dem Gewissen?«

Katrin schürzte die Lippen. »Ich möchte noch nichts ausschließen. Würde sie ins Täterprofil passen?« Sie legte eine kurze Pause ein, bevor sie sich selbst die Antwort gab. »Eigentlich schon, denn Susanne Mallmann hat einen Hass auf die Kirche. Den Grund dafür finden wir bereits in ihrer Kindheit.«

»Du meinst, sie ist eine Psychopathin?« Brauer startete den Motor und legte den Sicherheitsgurt an.

»Zumindest hat sie einiges mitgemacht und sicherlich seelischen Schaden erlitten. Aber ob sie als Mörderin ihres Vaters in Betracht kommt? Ich weiß nicht. Fest steht, dass sie alles hasst, was mit der Kirche und dem christlichen Glauben zu tun hat.«

»Das klingt, als hätte sie das Zeug, einer Satanistensekte beizutreten«, brummte Brauer. Die Ironie in seiner Stimme war nicht zu überhören.

»Karl, bitte«, mahnte Katrin ihn, dann verstummte sie. »Vielleicht ist die Idee gar nicht so blöd. Wer sagt denn, dass es keine Teufelsanbeter sind, die alles daran setzen, die Kirche in die Knie zu zwingen?«

»Und damit fangen sie im Pfarrverband Elberfeld-Nord an?« Brauer schüttelte ungläubig den Kopf. »Wenn ich als Satanist Interesse daran hätte, Christen Schaden zuzufügen, dann würde ich es anders anfangen. Sehen wir es doch mal sachlich: Klaus Gerber hat nur seinen Job getan, und er musste sterben. Womöglich, weil er wusste, dass es anlässlich des bevorstehenden Gemeindejubiläums einen Kunstschatz in Christ König gab. Der Schrein der Heiligen Therese ist von keinem unschätzbaren Wert, zumindest für uns Außenstehende. Gläubige sehen das anders, sie würden einen ideellen Wert beziffern, der wahrscheinlich um ein Vielfaches über dem liegt, den der Schrein tatsächlich wert ist. Fest steht, dass Gerber als Küster der beiden Kirchen Schlüssel zu allen Räumlichkeiten hatte. Und der Schrein wurde in der Sakristei von Christ König aufbewahrt. Mir drängt sich der Verdacht auf, dass jemand scharf auf die Reliquie war und dass der Küster ihm im Weg stand. Vor einem Mord nicht zurückschreckend, räumte er Gerber mit einem einzigen Schuss aus dem Weg und bemächtigte sich des Schlüssels.«

»Du vergisst, dass es Einbruchspuren gab.«

»Wer sagt das?«

»Die neue Küsterin.« Sie schlug sich vor die Stirn, dass es klatschte. »Moment«, rief Katrin und angelte nach dem Handy. Sie ignorierte Brauers fragenden Blick und tippte Pfarrer Tüterings Nummer ein. Nach endlosem Warten meldete er sich.

»Wie ist Klaus Gerber in die Räumlichkeiten gelangt, die nicht der Öffentlichkeit zugänglich sind?«, sprudelte es aus Katrin heraus.

»Wie ich schon sagte, er war ein sehr integrer Mann und besaß Schlüssel für alle Räume unserer beiden Kirchen«, erinnerte Tütering sie geduldig.

»Das haben wir bislang völlig außer acht gelassen«, erwiderte Katrin aufgeregt. »Das würde bedeuten, dass er auch den Schlüssel der Sakristei besaß?«

»So viel ich weiß, trug er alle Schlüssel an einem einzigen Bund zusammen, den er immer bei sich hatte«, stimmte Tütering zu. Dann stutzte der Geistliche am anderen Ende der Leitung. »Moment«, sagte er. »Ich glaube, ich weiß, worauf Sie hinauswollen. Sein Mörder hatte es auf den Schlüssel abgesehen.«

»Aber es gab Einbruchspuren an der Tür zur Sakristei, das hat uns Frau Klein heute Morgen zu Protokoll gegeben«, wandte Katrin ein. Brauer hatte längst am Straßenrand angehalten, um der Unterhaltung besser folgen zu können. Jetzt schaltete Katrin den Lautsprecher des Handys ein. Brauer konnte mithören.

»Vor einigen Jahren gab es schon einmal einen Einbruch in die Sakristei unserer Kirche«, bemerkte Tütering nachdenklich. »Damals hatten es Jugendliche tatsächlich auf die spärliche Kollekte abgesehen. Die Beute fiel entsprechend mager aus. Was ich aber damit sagen will, ist, dass die Einbruchspuren an der Tür niemals entfernt wurden. Man setzte seinerzeit ein neues Schloss in die Tür und betrachtete den Vorfall als erledigt.«

»Also wäre es denkbar, dass sich die Diebe der Reliquie ebenso gut mit einem von Gerber geklauten Schlüssel Zugang zur Sakristei verschafft haben? Ich meine, obwohl Frau Klein Einbruchspuren feststellte, als sie heute Morgen die Sakristei aufschließen wollte?«

»Im Prinzip schon, ja. Sie kann im Eifer des Gefechts die alten Spuren für neue gehalten haben. Das würde bedeuten, dass Herr Gerber sterben musste, weil er den Schlüssel zur Sakristei besaß.«

»Das müssen wir herausfinden«, stimmte Katrin ihm zu.

»Wir sollten das schriftliche Urteil der Spurensicherung trotzdem abwarten«, erwiderte Brauer.

»Das ist Ihre Sache«, erwiderte Tütering.

Katrin bedankte sich für die Auskunft des Pfarrers und unterbrach die Verbindung. »Der Kreis schließt sich«, rief sie. »Damit hätten wir ein klares Motiv und einen Raubmörder, der sich des Schlüssels bemächtigt. Gerbers Tod nimmt er gern in Kauf, um an den Schrein der Heiligen Therese zu kommen.«

»Und wie passt dann Martha Behring in dein Puzzle?«

Brauer schaffte es immer wieder, Katrin auf den Boden der Tatsachen zurückzuholen. Und inzwischen wagte sie es auch nicht mehr, an Zufälle zu glauben.

»Wenn wir das wüssten, hätten wir sicher eine konkrete Spur zum Täter«, erwiderte Katrin lakonisch und starrte nach vorn durch die Windschutzscheibe. »Lass uns einfach den Obduktionsbericht abwarten, dann wissen wir vielleicht mehr.«

»Was hast du jetzt vor?« Brauer startete den Motor und schaltete das Gebläse ein, da die Scheiben des Wagens von innen beschlagen waren.

»Bring mich zu meinem Auto, bitte. Ich muss jetzt nach Hause und mich ein wenig um Sophie zu kümmern.«

»Katrin, das ist ...«

»Bitte, Karl.«

Er wagte keinen Widerspruch und lenkte den Wagen zurück zur Kirche Christ König. Hier parkte ihr alter Polo. Kaum, dass sie den Vectra am Westfalenweg abgestellt hatten, eilte ein junger Kollege der Spurensicherung auf sie zu.

»Was macht der denn noch hier?«, fragte Brauer, und Katrin zuckte die Schultern. Sie stiegen aus.

Tim Gerhards war keine dreißig Jahre alt. Katrin und Brauer kannten ihn nur flüchtig. Ein hagerer Bursche mit wachsamen, stahlgrauen Augen und bereits lichtem Haar. Sein weißer Einmalanzug flatterte im Wind. »Endlich kommt ihr«, rief er schon von Weitem. »Wir haben versucht, euch telefonisch zu erreichen, aber es war andauernd besetzt!«

»Was gibt es denn?« Katrin löste den Sicherheitsgurt und stieg aus. Der Kollege hielt ein kleines Tütchen in die Höhe.

Darin befand sich ein rubinroter Stein von knapp zwei Zentimetern Durchmesser.

»Was ist das? Ein Schmuckstein? Und vor allem: Wo habt ihr das gefunden?«

»Hier oben am Wegrand.« Gerhardts deutete mit dem Kinn zu der Stelle, an der sich die Parkbuchten befanden.

»Schön.«

»Wollt ihr gar nicht wissen, woher der Stein stammt?« Gerhardts schien ernsthaft enttäuscht zu sein.

»Sicherlich werden wir es gleich von dir erfahren, Kollege«, brummte Brauer und lehnte sich rücklings an den Vectra, um sich eine Zigarette anzuzünden. Als er Katrin Blicke sah, drückte er den Sargnagel sofort wieder aus und ließ ihn in seiner Manteltasche verschwinden.

»Der Stein stammt vom Schrein der Heiligen Therese.« Gerhardts Blick eilte von Katrin zu Brauer und zurück. »Pfarrer Tütering hat ihn bereits als solchen identifiziert.«

Gerhardts lechzte wohl förmlich um Anerkennung der Kollegen. Doch Kramer war zu müde, um ihn für seinen Fund zu loben wie einen Hund, der brav sein Stöckchen apportiert hatte. »Es gibt zwei Möglichkeiten«, sagte sie, an Brauer gewandt. »Entweder sind die Diebe mitsamt dem Schrein zu Fuß über die kleine Straße hier getürmt, was ich mir aber nicht vorstellen kann. Wahrscheinlich hätten sie bei Anwohnern und neugierigen Nachbarn Aufmerksamkeit erregt.«

»Was stellst du dir noch so vor?«, fragte Brauer.

»Es gibt noch eine Möglichkeit. Eine alte Weisheit besagt, dass es einen Täter immer zweimal zum Tatort zieht.«

»Moment, Moment, Moment«, rief Brauer und hob beschwichtigend die Hände. »Willst du damit sagen, dass der Täter, nachdem er den Schrein von hier weggeschleppt hat, noch einmal hier war und dabei den Stein, absichtlich, oder unabsichtlich, hier liegen gelassen hat?«

»Absichtlich.« Katrin war sich sicher. »Er hat es absichtlich getan. Er spielt mit uns, Karl.« Sie wandte sich an Gerhardts, der den Asservatenbeutel noch immer wie eine Trophäe in der Hand hielt. »Bring das Ding ins Labor. Wir brauchen die Fingerabdrücke, wenn es denn welche gibt. Und alles, was ihr findet, wird mit der Datenbank abgeglichen.«

»Ist gut, dauert aber ein wenig.« Gerhardts nickte und wandte sich zum Gehen. »Wir sehen uns in einer Stunde im Präsidium.«

»Was hast du da gerade gesagt?«, fragte Brauer, als sie alleine waren.

»Er spielt mit uns, jede Wette. Dieser Stein ... glaubst du allen Ernstes, dass er ihn rein zufällig hier verloren hat?« Sie schüttelte das blonde Haar. »Nein, Karl.«

»Wie konnte er hier unentdeckt auftauchen? Kennt ihn jeder, ist er in der Gemeinde so bekannt, dass es nicht auffällt, wenn er sich hier blicken lässt? Genießt dieses Schwein völlige Immunität?«

Katrin zuckte die Schultern. »Ich lasse nicht mit mir spielen, Karl. Zwei Menschen sind tot, und dieser Kerl hält uns zum Narren.«

»Schön.« Er ließ sich nicht aus der Ruhe bringen. »Und was machen wir in der Zwischenzeit?«

»Vielleicht sollte ich mir wirklich mal ein paar Stunden Pause gönnen«, überlegte Katrin. Als sie an ihre Tochter und an Peters Vorwürfe dachte, schnürte sich ihre Kehle zu. Gewissensbisse machten ihr schwer zu schaffen. Normalerweise würde sie ihm Paroli bieten und seine Vorwürfe entkräften. Leider aber war ihre Ehe genau aus demselben Grund den Bach hinuntergegangen – ihre berufliche Situation ließ keinen Achtstundentag zu, und die Ehe war ein Opfer des Berufes geworden. Drohte sie nun auch noch Sophie wegen des Jobs zu verlieren? Peter wusste also sehr wohl, dass Sophie litt. Auch, wenn die Kleine es nicht zugab.

»Kommt ihr einen Moment lang ohne mich klar?«, fragte Katrin nachdenklich, an Bauer gewandt.

Er nickte. »Natürlich. Kümmer dich um Sophie, du bist ihre Mutter und sie braucht dich.« Jetzt schmunzelte er. »Ich will ja nicht klingen wie dein Ex, aber, ja, ich komme ein paar Stunden ohne dich klar. Und wer weiß? Vielleicht hast du ja zu Hause, mit dem nötigen Abstand zu unserem Fall, die entscheidende Idee, die schließlich zur Lösung des Falls beiträgt.«

»Du bist ein Spinner, Brauer.«

»Ich weiß.« Er lächelte. »Hau schon ab. Ich werde mich jetzt mal um Pfarrer Tütering kümmern.«

»Und wenn zwischenzeitlich etwas passiert, dann ...«

»Dann rufe ich dich an – selbstverständlich. Du bist schließlich nicht aus der Welt, Katrin. Und jetzt verschwinde, bevor ich es mir anders überlege.«

15.15 Uhr, irgendwo in Elberfeld

Als er seine Wohnung betrat, zog er die Jacke aus und wollte sie gerade über den Stuhl werfen, als er auf die Idee kam, sich den Stein noch einmal in Ruhe anzusehen. Seine rechte Hand glitt in die Seitentasche und suchte nach dem glatten Mineral. Oder war es geschliffenes Glas? Er wusste es nicht, und es war ihm auch total egal. Er hatte ein Zeichen gesetzt, er hatte diese verdammte Christenbande in die Knie gezwungen. Morgen war Montag. Morgen schon würden die Zeitungen voll sein mit den Meldungen zu den beiden Toten in der Kirche. Und zu dem geheimnisvollen Kunstraub, der sich in der Nacht zum Sonntag ereignet hatte.

Ein siegessicheres Grinsen huschte um seine Mundwinkel. Er fingerte in den Tiefen der Tasche nach dem Stein – aber er fand ihn nicht. »Scheiße«, keuchte er und griff nach der Jacke. Er schüttelte sie, drehte sie auf den Kopf und kehrte die Taschen nach außen. Ohne Erfolg, der Rubin war und blieb verschwunden.

»So eine verdammte Scheiße«, murmelte er immer wieder und spürte, wie im das Blut in den Kopf schoss. Er zupfte an dem weißen Futter der Tasche und suchte nach einem Loch in der Naht. Seine Hoffnung, dass der Stein sich zwischen dem Innenteil der Jacke und der Außenhaut verborgen hielt, verblasste von Sekunde zu Sekunde. Sein Herz begann zu rasen. Der verdammte Stein war wie vom Erdboden verschwunden!

Er zwang sich zur Ruhe. »Ruhig, Alter, ganz ruhig«, murmelte er tonlos. Schweißperlen glänzten trotz der niedrigen Außentemperaturen auf seiner breiten Stirn. Er sank mit einem gequälten Stöhnen auf den Lippen in den Sessel unter dem Fenster und barg das massige Gesicht in den Pranken. Seine Augen brannten. Angestrengt überlegte er, wo der Rubin nur sein könnte. Er musste ihn unterwegs verloren haben!

So ein verdammter Mist, hämmerte es in seinem Schädel. Er war übermütig geworden. Und irgendwie spürte er, dass ihm dieser Übermut das Genick brechen könnte, noch bevor er richtig zum Zuge gekommen war.

15.30 Uhr, Wichlinghausen

Als sie die Haustür aufschloss, dröhnte ihr laute Musik aus dem Wohnzimmer entgegen. Ein Windstoß fegte Laub in den Flur des kleinen Fachwerkhauses. Eilig drückte Katrin die schwere, grüne Tür ins Schloss, warf den Schlüssel auf das kleine Board in der Garderobe und schlüpfte aus der Jacke. Sie hielt sich rechts und stand schon im Wohnzimmer. Eilig klaubte sie nach der Fernbedienung und fuhr die Lautstärke auf ein erträgliches Maß herunter. Im Fernseher dudelte ein Musiksender. Zwischen den Musikvideos wurde immer wieder für die verrücktesten Klingeltöne geworben.

»Hi Mum, schon Feierabend?« Sophie blickte nur kurz von ihrem Gameboy-Spiel auf, als Katrin das Wohnzimmer betrat. Das Mädchen hatte es sich auf der Couch bequem gemacht.

Auf dem Wohnzimmertisch lag eine Packung Butterkekse, daneben ein Glas Kakao. Sophies persönliche Art, den Sonntag zu genießen.

»Feierabend ist relativ«, lächelte Katrin und ließ sich neben ihrer Tochter nieder. »Pause trifft es eher, solange der Mörder frei herumläuft.« Sie drückte ihr einen Kuss auf die Stirn. Sophie duftete noch nach Peters Aftershave. »Aber ich habe mir eine Pause verdient.« Jetzt sank sie in die Polster zurück und zog die Beine unter den Hintern.

Sophie schmiegte sich an die Mutter und genoss es ganz offensichtlich, wie Katrin ihr durch das Haar strich.

»Und bei dir – alles klar, Süße?«

»Klar, Mum.«

»Ich liebe unsere tiefschürfenden Gespräche.«

»Und ich liebe deine Ironie«, entgegnete Sophie, ohne von ihrem Spiel aufzublicken. Augenblicklich fütterte sie ein virtuelles Golden-Retriever-Welpen. Der kleine Hund auf dem Display bellte leise, als Sophie den Touchpen über das Display kreisen ließ, und Sternchen stiegen auf.

»Krieg ich auch 'nen Hund, Mum?«

»Hast doch einen«, entgegnete Katrin lächelnd und deutete auf den Gameboy. »Was war mit deinem Vater los?«

»Nichts, wir waren Eis essen. Warum?«

»Er hat mich ausgeschimpft, weil ich am Sonntag arbeiten musste und du alleine zu Hause warst.«

»Manchmal ist Dad seltsam. Ich komme schon zurecht. Du musst dir keine Sorgen machen, wirklich nicht. Ich melde mich, wenn ich Probleme habe, versprochen. Bin doch kein Baby mehr!«

»Dein Vater scheint das anders zu sehen«, erwiderte Katrin.

»Mir egal, mach dir keine Gedanken, ich komm zurecht, Mum. Gucken wir gleich 'nen Film zusammen?«

»Klar. High School Musical?« Katrin kuschelte sich an das Mädchen und genoss Sophies Nähe.

»Kenn ich schon auswendig. Irgendwas anderes, von mir aus Gilmore Girls.« Sophie liebte die Episoden der amerikanischen Serie, in der Mutter und Tochter alle Höhen und Tiefen des Lebens als dicke Freundinnen meisterten. Das Mädchen klappte den Gameboy zusammen und legte ihn auf den Tisch.

»Gern.« Katrin lächelte, ging zum Fernseher und suchte die passende DVD heraus. Sie schob die Silberscheibe in den Player und kehrte zur Couch zurück.

Kaum, dass sie mit Sophie unter der Wolldecke kuschelte, überkam sie eine tiefe Müdigkeit, und Katrin war eingeschlafen.

»Arme Mama«, flüsterte Sophie sanft und strich ihrer Mutter zärtlich durch das Gesicht.

16.05 Uhr, Polizeipräsidium

»Sagt dir das Kürzel E 605 etwas?«

Brauer zuckte hoch, als die Tür seines Büros aufflog und hart an der dahinter liegenden Wand anschlug. Er war ins Polizeipräsidium zurückgekehrt, wo er sich daran gemacht hatte, den Bericht zu aktualisieren. Es würde kein Weg daran vorbeiführen: Susanne Mallmann war die Tatverdächtige Nummer eins. Die Tochter des ermordeten Küsters war finanziell abgebrannt und jobbte als Kassiererin in einem Supermarkt unweit ihrer Wohnung. Mit dem schmalen, wahrscheinlich sogar untertariflichen Gehalt schaffte sie es kaum, ihre Schulden abzubezahlen. Und dass sie Schulden hatte, das hatte die Befragung der Schufa-Datenbank ergeben. Sie steckte also in Problemen. Sie hasste ihren Vater, der sie schon als Kind gedemütigt hatte.

Soeben hatte Brauer mit dem diensthabenden Haftrichter gesprochen und ihm die Sachlage geschildert. Nach anfänglichem Zögern hatte er einem richterlichen Durchsuchungsbefehl zugestimmt. Am Montagmorgen würden sie ausrücken und Susanne Mallmanns Wohnung auf den Kopf stellen. Bis dahin würden sie sie noch in Sicherheit wiegen. Immerhin war sie offiziell die beklagenswerte Tochter eines ehrsamen Vaters, der auf brutale Weise in einer Kirche ermordet worden war. Brauer war sicher, dass sie einen Hinweis auf den Mord an Klaus Gerber finden würden. Es hatte sogar eine Anzeige von der jungen Susanne gegeben, die ihren Vater bezichtigte, sie sexuell genötigt zu haben. Damals war Susanne vierzehn Jahre alt gewesen. Die Anzeige war aber nur wenige Stunden später von Susanne selber wieder zurückgezogen worden. Scheinbar hatte damals niemand der Kollegen darüber nachgedacht, dass das Mädchen dies wahrscheinlich nur unter dem Druck der Eltern getan hatte. Niemand hatte genauer nachgeforscht. Sexueller Missbrauch, ein weiterer Grund, Rache zu üben. Zumindest für eine seelisch labile junge Frau wie Susanne Mallmann. Es gab kein medizinisches Gutachten, aber Brauer konnte durchaus seine Schlüsse ziehen.

Jäh war Brauer in die Gegenwart zurückgerissen worden. Tim Gerhardts, der junge Kollege der Spurensicherung, baute sich vor Brauers Schreibtisch auf. »Also – kennst du E 605 oder nicht?«, wiederholte er jetzt die Frage.

»Und ob. Spektakuläres Pflanzenschutzmittel.« Brauer stutzte. »Jetzt sag nicht ...«

Gerhardts, der in seinem Büro aufgetaucht war, nickte grinsend. »Und ob. »Das Schöne daran ist, dass es zwar bei der Anwendung recht unauffällig ist, sich aber noch Tage und sogar Jahre nach dem Tod noch nachweisen lässt. Das Obduktionsergebnis von Martha Behring liegt uns vor. Sie wurde vergiftet.« Er zog sich einen der beiden Besucherstühle heran und setzte sich verkehrt herum darauf. Die Mappe, die er sich unter den Arm geklemmt hatte, warf er Brauer mit einem lässigen Schwung auf den Schreibtisch. Er nahm sie und blätterte darin herum. »Ihr Magen war ziemlich leer, und zuletzt hat sie eine Hostie während der Heiligen Kommunion im

Gottesdienst zu sich genommen. So wie es die Gerichtsmediziner in Düsseldorf sehen, war die Hostie vergiftet. Deine Schlüsse musst du jetzt selber ziehen, aber wenn du mich fragst: Der Pfarrer hängt tiefer in der Scheiße, als es uns lieb ist.«

Brauer ging nicht darauf ein. So schnell wollte er seine Theorie, dass Susanne Mallmann in den Mord an ihren Vater verwickelt war, nicht zu Grabe tragen. »Wie kommt man an E 605, wo es doch so gefährlich ist und sich hervorragend als Mordwaffe eignet?«, fragte Brauer.

Gerhardts zuckte mit den Schultern. »Gute Frage. Früher nur gegen Vorlage des Personalausweises. Aber heute gibt es nichts, was man sich nicht irgendwie über das Internet besorgen kann. Also – warum nicht auch E 605?«

Katrin hatte sich also doch nicht getäuscht, und auch Martha Behring war das Opfer eines Mordanschlages geworden. Brauer fragte sich, wann und wie das Gift in ihren Körper gelangt war. »Was ist das für ein Zeug? Ich hab mal ein Seminar besucht, das sich mit Tod durch Gift befasst hat, ist aber schon zu lange her. Klär mich auf, Tim.«

Gerhardts lächelte gewinnend und lehnte sich im Stuhl weit nach hinten. »Hast Glück, dass ich vor ein paar Wochen einen Lehrgang in Toxikologie gemacht habe. Also ...« Er holte theatralisch Luft, bevor er fortfuhr: »E 605 ist auch unter dem Namen Parathion bekannt. Dabei handelt es sich um Ester der Thiophosphorsäure, kurz Thiophos. Der Volksmund nennt das Zeug aber schlichtweg Schwiegermuttergift.«

»Erzähl mir was über die Eigenschaften von diesem Thio... Thiophzeugs«, forderte Brauer. Er lehnte sich nun ebenfalls in seinem Stuhl zurück, legte die Füße auf den Schreibtisch und verschränkte die Hände hinter dem Nacken.

»Es ist völlig geschmacks- und geruchsneutral, was es für das Opfer schwer macht, eine Giftzumischung beispielsweise in einem Nahrungsmittel zu bemerken. Es kommt zu Erbrechen, Durchfall, Schweißausbrüchen, Muskelzuckungen,

Kopfschmerzen, Atemlähmungen und Krämpfen. Die Giftigkeit erklärt sich auch durch die chemische Verwandtschaft mit den Kampfstoffen Tabun, Sarin und Soman, die noch effektiver gegen die Acetylcholinesterase wirken.«

»Soweit ich weiß, ist die Frau unmittelbar nach Verabreichung der Hostie leblos zusammengeklappt, ohne die üblichen Zeichen.«

»Was auf eine extrem hohe Konzentration des Giftes schließen lässt. Der Täter wollte sich sehr sicher sein. Und er wollte, dass es schnell geht.«

»Oder er hatte einfach keine Ahnung von der Dosierung des Gifts.« Brauer nahm die Füße vom Schreibtisch und beugte sich vor. »Du hast da eben so eine Andeutung gemacht.«

Gerhardts musterte ihn mit fragender Miene.

»Der Pfarrer hängt tiefer drin als uns lieb ist«, rief Brauer sich halblaut die Worte des Kollegen in Erinnerung. »Wie meintest du das?«

»Die Ermittlung liegt bei euch, ich bin nur für die Suche nach den Indizien zuständig«, erinnerte Gerhardts ihn und winkte ab. »Aber natürlich mache ich mir auch meine Gedanken. Der Pfarrer war es, der den toten Küster gefunden hat. Der Pfarrer hat keine vernünftige Versicherung für den Schrein gehabt. Und der Pfarrer verteilte während der Messe die Hostien, an der eine Frau starb.«

»Gegenfrage: Welchen Vorteil sollte Tütering davon haben?«

»Das herauszufinden, ist dein Part.«

»Was ist mit Suizid?«

»Der Pfarrer?«

»Unsinn ... ich meine, was ist, wenn die alte Frau einfach keine Lust mehr auf ihr Leben hatte und sich umbringen wollte? Es hat zahlreiche Morde und Selbstmorde in der Vergangenheit gegeben, die auf E 605 zurückzuführen sind. Wenn es nun nicht durch die Hostie in ihren Körper gelangt ist ...«

»Eine Möglichkeit, die wahrscheinlich ausscheidet. Jemand hat ihr das Zeug untergejubelt, jede Wette.«

»Warum ist dann nur die alte Frau an der vergifteten Hostie gestorben?« Brauer rieb sich den Nasenrücken. »Vielleicht weil nur eine einzige Hostie vergiftet war.«

»Darauf wollte ich hinaus. Der Mörder spielt sozusagen Russisch Roulette.«

Plötzlich fielen Brauer Katrins Worte ein, als sie den Rubin gefunden hatten: Er spielt mit uns.

Brauer schlug wütend mit der Faust auf den Tisch und sprang auf. Er griff sich die Jacke, die er achtlos auf den kleinen Beistelltisch geworfen hatte.

Tim Gerhardts beobachtete ihn neugierig. »Und was hast du jetzt vor?«

»Ich werde mir Pfarrer Tütering vorknüpfen.« Dann war er draußen.

16.40 Uhr, Pfarrhaus Christ König

»Wussten Sie, dass dies ein Schürmannbau ist?«, fragte Hans Tütering, während er seinen Gast in sein kleines Wohnzimmer führte. Der Geistliche war nicht sonderlich überrascht, an diesem Tag schon zum dritten Mal Besuch von der Kripo zu bekommen.

»Warum – steht die Kirche auch regelmäßig unter Wasser?«, antwortete Brauer mit einer Gegenfrage. Ihm war eigentlich nicht nach Scherzen zumute. Sie nahmen auf den altmodischen Sitzmöbeln Platz.

Tütering zwinkerte ihn durch die dünnen Gläser seiner Brille an. »Im Pfarrbüro habe ich einen Bildband über Schürmanns Werke, ich kann Ihnen das Buch gern einmal zeigen, wenn Sie mögen. Die Christ-König-Gemeinde beauftragte ausgerechnet ihn mit der Planung einer neuen Kirche, nachdem wir zu Ende des Zweiten Weltkrieges in der alten Kirche

Platzprobleme bekamen. Übrigens ist Christ K
Kirchenbau gewesen, und er steht heute scho
malschutz, obwohl das Gebäude in den Jahrer
erbaut wurde.«

»Ich bin eigentlich nicht hier, um mich mit Ihn
tektur zu unterhalten«, erwiderte Brauer ein we
Die Bemerkung tat ihm sofort leid, doch der G
hörte den rauen Ton und lächelte freundlich.

»Womit kann ich Ihnen dienen?«, fragte er, nac
gesetzt hatten.

»Ich will es kurz machen: Sie fanden den Küst
Jesu, obwohl Ihre Wohnung eigentlich hier ist, au
de von Christ König. Welchen Grund hatten Sie,
einmal zu Herz Jesu zurückzukehren? Der Schrei
volle Reliquie, kam auf wundersame Weise abhar
nur wenig eingeweihte Mitglieder Ihrer Gemeir
dass sich der Schrein anlässlich des Gemeindeju
befand – einer der Mitwisser ist bekanntermaßen
Frau starb, nachdem Sie ihr die heilige Kommu
und auf dem Pfarrhof wurde ein Rubin gefunde
sichtlich vom geraubten Schrein der Heiligen The
Natürlich fand die Spurensicherung Ihre Fing
auf dem Stein.« Das war ein wenig hoch gepoke
lang hatten sie nicht den Bedarf gesehen, Tütering
drücke zu nehmen. Doch anscheinend ging Ha
darauf ein. »Sie fragen mich, was der Schrein hier zu
dejubiläum soll?« Er holte tief Luft, bevor er fortfuh
ständnis von Heiligen ist so, dass sie einen 'Hofst
bilden. Und Christus der König ist von den Heilige
mel umgeben, wie hier auf Erden durch die Gem
sterblichen Reste der heiligen Therese bilden also e
zwischen Himmel und Erde, sie machen uns Mens
bar, dass wir in den Himmel kommen können. Das
fünfzigjähriges Jubiläum ein sichtbarer Hinweis.«
Lippen zitterten leicht, als er in das Polster des alter

ıs zurücksank, die Arme vor der Brust verschränkte und Leere stierte. Das Ticken der antiken Wanduhr war minu-lang das einzige Geräusch, das den Raum erfüllte. Brauer ınte förmlich sehen, wie es hinter Pfarrer Tüterings Stirn eitete.

'ach einer kleinen Ewigkeit räusperte sich der Geistliche. ›lickte Brauer mit starrem Blick an. Seine Stimme klang fest ·r tonlos: »Das sind schwere Anschuldigungen, die Sie hier ·ch die Blume gesprochen in den Raum stellen, Herr Kom-ssar. Nichtsdestotrotz kann ich Ihren Gedankengängen sehr ·hl folgen. Ich frage Sie dennoch: Welches Interesse sollte ich ɔen, zwei Menschen zu töten und einen Schrein, der in der tholischen Kirche einen hohen ideellen Wert genießt, zu ent-nden? Ich bin Pfarrer, und meine materiellen Besitztümer ıd sehr eingeschränkt, wie Sie sich vorstellen können. Selbst ·nn es nicht so wäre – in meinem Beruf ist Reichtum nicht vünscht. Und wer würde mir glauben, wenn ich plötzlich er Reichtümer verfügen würde?«

»Wer sagt mir, dass Sie in Ihrem Beruf nicht schon lange ıglücklich sind und dass Sie mit Ihrem plötzlich erlangten ·ichtum eine Flucht ins Ausland wagen wollen?«

»Heutzutage gehen viele Leute arbeiten, um überhaupt ıen Job zu haben mit dem sie sich ihren Lebensunterhalt ver-enen können – die Wahl des Wunschberufes bleibt in Anbe-ıcht der hohen Arbeitslosenzahlen schon seit Langem auf ·r Strecke. Bei mir ist dies jedoch dankenswerterweise nicht ·. Ich kann mich glücklich schätzen, meinen Wunschberuf ısüben zu dürfen. Und glauben Sie mir, Herr Kommissar, bei ir kommt Beruf noch von Berufung.« Tütering lächelte matt nd erhob sich. Er zog sich das Hemd zurecht und streckte eide Hände vor. »Und wenn Sie mir nicht glauben, dann ver-aften Sie mich einfach. Nur bitte ich Sie zu bedenken, dass ies den wahren Täter in Sicherheit wiegen wird und dass er nbestraft davonkommen wird.«

»Dann verhafte ich Sie jetzt und warte, bis uns der wahre Täter in die Falle geht«, murmelte Brauer lächelnd. »Immerhin geht es um zweifachen Mord, um Einbruch und um Kunstraub.«

»Das heißt, dass auch Frau Behring nicht eines natürlichen Todes starb?« Pfarrer Tütering war jetzt sichtlich entsetzt.

»Sie wurde vergiftet.« Brauer berichtete ihm, was der Obduktionsbericht der Düsseldorfer Gerichtsmediziner ergeben hatte.

»E 605 ... ich habe schon viel darüber gehört.« Tütering wanderte durch das kleine Wohnzimmer, bevor er wieder auf sein Sofa sank. »Wer sollte der alten Frau so etwas antun?«

»Das herauszufinden ist jetzt unsere Aufgabe. Der Verdacht liegt nahe, dass die Hostie, die Sie ihr während der heiligen Kommunion reichten, hochgradig vergiftet war. Und hier stellt sich die Frage, wie die Hostie vergiftet werden konnte.«

»Mein Gott.« Tütering schüttelte ungläubig den Kopf.

»Wir werden natürlich alle noch vorhandenen Hostien sicherstellen und Untersuchungen anstellen.«

»Das heißt für mich, dass ich die Hostien im Tabernakel alle in Wasser auflösen muss und erst dann ins Erdreich geben kann, die kann ich der Polizei nicht zur Verfügung stellen, alle anderen Hostien können Sie für die Untersuchung ins Labor mitnehmen.« Tütering zuckte die Schultern.

»Ihr Gesetz ist hiermit ausgehebelt«, erwiderte Brauer. »Die Ermittlungen der Polizei haben Vorrang. Vermutlich ist es aber so, dass nur diese eine Hostie vergiftet war. Theoretisch hätte die Oblate auch jeder andere Besucher der Messe bekommen können. Mir scheint es, als hätte der Täter Russisch Roulette gespielt. Wie sehen Sie das, Pfarrer?«

Tütering dachte nach und nickte schließlich. »Eine einzige vergiftete Hostie ist in der Tat wie Russisch Roulette.«

Brauer hakte nach. »Wie und wo werden die Hostien gelagert? Gibt es ein bestimmtes Prozedere, nach dem vorgegangen wird? Wann hätte ein Täter die Möglichkeit, das Gift auf der Hostie aufzutragen?«

»Vor dem Gottesdienst stellt der Küster alle Dinge, die gebraucht werden, auf den Kredenztisch an der Seite im Altarraum. In diesem Falle haben wir es mit Frau Klein zu tun. Sie tut das in der Regel bevor die Gläubigen zum Gottesdienst in die Kirche kommen. Die Eingangstüren sind dann meistens schon geöffnet, sodass ein Täter eine ganz kurze Zeit hätte, eine der Hostien zu vergiften. Er müsste dazu ein flüssiges Gift nehmen, sonst ginge es wegen der Präzision nicht. Insofern ist E 605 eine gute Wahl, wenn man das in diesem Zusammenhang so bezeichnen darf. Wenn er aber ein flüssiges Gift einbringt, dann verändert sich die Oberfläche der Hostie. Jede Feuchtigkeit wird schnell sichtbar. Der Täter müsste also die vergiftete Hostie schnell wieder unter den anderen verbergen. Beim Austeilen kann der Priester oder der Kommunionhelfer das übersehen. Auch dem Empfänger muss nicht auffallen, dass Feuchtigkeit da ist. Anders wäre ein zweimaliger Anlauf – der Täter nimmt bei seinem ersten Besuch eine der Hostien aus der Schale und vergiftet sie zu Hause, lässt sie trocknen und legt sie bei einem zweiten Besuch in die Schale zurück. Weder vor dem Austeilen noch nach dem Austeilen werden die Hostien gezählt. Der Täter hätte in diesem Fall nur die Vorsicht walten zu lassen, dass weder die Küsterin noch ein anderer Besucher ihn sehen. Wenn der Täter Ortskenntnis hat, dann könnte er sich im Altarraum aufhalten, weil er den Kreuzweg betet. Als Heuchler könnte er sich ein Gebetbuch in die Hand nehmen und die Seiten des Kreuzweges aufschlagen, dann ginge er von der zwölften Station ›Jesus stirbt am Kreuz‹ zur dreizehnten Station ›Jesus wird in den Schoß seiner Mutter gelegt‹. Auf dem Weg käme er in den Altarraum und damit vorbei am Kredenztisch.« Der Geistliche richtete sich auf und streckte sich. »Anders könnte ein Szenario sein, wenn der Täter die Gruppenstunde der Jugend ausnutzt. Freitags treffen sich die Jugendlichen und die Messdiener in der Kirche und im angrenzenden Jugendheim. Da üben die kleinen Messdiener. Dann stehen schon mal die Türen offen. Da könnte sich der Täter Zugang zur Sakristei verschaffen. Die Hostien werden dort ja bevorratet. Wenn er davon eine vergiftet, kann er natürlich nicht absehen, wann eine Wirkung seiner Tat eintritt. Mitunter könnte das auch Wochen später erst sein. Einen Einbruch in der Sakristei könnte ich mir vorstellen, wenn es einen Zusammenhang mit einem Kunstraub gäbe – nun ist in der Sakristei keine Kunst so wertvoll, dass sie geraubt werden könnte, von dem Schrein einmal abgesehen.«

»Und so fügt es sich zusammen«, murmelte Brauer. Nach Tüterings langem Vortrag schämte er sich fast ein wenig dafür, den Geistlichen verdächtigt zu haben. »Was würden Sie sagen, wenn ...«

Bevor Brauer fortfahren konnte, schlug in der kleinen Diele das Telefon an. Tütering murmelte eine Entschuldigung und erhob sich schwerfällig.Brauer dachte über das eben Gehörte nach. Das Telefonat in der Diele verfolgte er nur mit einem halben Ohr.

»Wer sind Sie? Hallo ... so melden Sie sich doch! Nein, bin ich nicht. Vielleicht sollten Sie mich besuchen, und wir würden reden.« Tütering steckte den Kopf ins Wohnzimmer und fuchtelte wild mit der freien Hand in der Luft herum. Brauer, der die Bewegung im Augenwinkel wahrnahm, wandte den Kopf. Er wusste sofort, wer am anderen Ende der Leitung war.

»Nein«, sagte der Pfarrer gerade. »Natürlich ohne Polizei. Sie können es sich noch einmal überlegen, meine Telefonnummer haben Sie ja. Und jetzt entschuldigen Sie mich bitte, ich habe Besuch.« Ohne eine Antwort abzuwarten, legte Tütering den Hörer auf.

Er hatte anscheinend seine eigene Strategie entwickelt, mit dem Täter ins Gespräch zu kommen, und heimlich musste Brauer ihm dafür Respekt zollen. Auch wenn er die katholische Kirche nicht immer verstand, so musste er sich eingestehen, dass hier einiges im Umbruch war. Tütering setzte sich wieder und lächelte. »Sie sehen, ich habe auch ein großes Interesse daran, diesen Spuk zu beenden.«

»Die Ermittlungen liegen bei uns, Pfarrer. Ich warne Sie vor Alleingängen.« Brauer erhob sich und wanderte nervös durch das kleine Wohnzimmer. »Und es ist mir egal, was Sie mit dem Anrufer, wer immer sich auch dahinter verbirgt, vereinbaren. Ab sofort tun Sie nichts ohne die Polizei.« Er wurde den Gedanken nicht los, dass es sich hier um ein abgekartetes Spiel handeln könnte. Ohne die Antwort des Geistlichen abzuwarten, verließ er die Wohnung. Er ging eilig zu seinem Dienstwagen und telefonierte mit dem Präsidium. Ab sofort würde der Pfarrer unter ständiger Beobachtung stehen.

Montag

1.05 Uhr, Wichlinghausen

Jemand im dunklen Raum schnarchte, als wolle er einen ganzen Wald absägen. Katrin erwachte aus einer Art Dämmerzustand und bemerkte nur langsam, dass es ihr eigenes Schnarchen gewesen war, das sie geweckt hatte. Jetzt drang lüsternes Stöhnen an ihre Ohren. Als sie langsam in die Wirklichkeit zurückkehrte, schallte ihr ein dominantes »Ruf mich an«, gefolgt von einer Telefonnummer, die anschließend von einem schrillen Frauenchor wiederholt wurde. »Du stehst auf alte versaute Omas? Dann ruf an und frag nach Heide!«

Katrin Kramer schien doch zu träumen. Was hatte die neue Freundin ihres Exmannes Peter hier zu suchen? Langsam nur dämmerte es Katrin. Sie blinzelte. Im Fernsehen liefen Werbespots für Telefonsex. Sie fragte sich, wie Männer auf so etwas stehen konnten.

Jetzt verließ Katrin die Traumwelt.

Sie blinzelte ins Halbdunkel des Wohnzimmers. Der Fernseher lief mit gedämpfter Lautstärke, und die roten Ziffern der Uhr im DVD-Player zeigten, dass es kurz nach ein Uhr morgens war. Über ihren Schultern lag die braune Wolldecke. Katrin schlug die Decke fort und richtete sich auf dem Sofa auf. Ihre Schultern fühlten sich taub an. Der Nacken schmerzte. Sie gähnte und erblickte den kleinen, handgeschriebenen Zettel, der vor ihr auf dem Tisch lag. Im Licht der Mattscheibe entzifferte sie die Worte ihrer Tochter: »Ich bin schon mal ins Bett gegangen, du warst wohl sehr, sehr müde. Gute Nacht. Hab dich lieb, Sophie!« Daneben hatte sie mit rotem Filzschreiber einen Smiley und ein übergroßes Herz gemalt.

Sie wäre jetzt am liebsten hinauf ins Kinderzimmer gegangen und hätte ihre Tochter geküsst und in den Arm genommen. Sie liebte Sophie für die Vernunft, die sie mit ihren gerade mal zehn Jahren an den Tag legte. Mit einem Lächeln auf den Lippen erhob sich Katrin und durchquerte das Wohnzimmer. Sie schaltete den Fernseher ab. Es dauerte einen Moment lang, bis sich ihre Augen an die Dunkelheit gewöhnt hatten, nachdem auch der Fernseher als letzte Lichtquelle verloschen war. Die Bildröhre des alten Gerätes knisterte leise. Oben im Hausflur brannte eine kleine Lampe. Der matte Lichtschein, der durch das Treppenhaus nach unten fiel, genügte Katrin, um den Weg zur Küche zu finden. Am Kühlschrank angekommen, blendete sie das Licht, als sie dessen Türe öffnete. Einen Moment lang stand Katrin unschlüssig da und überlegte, was sie trinken sollte. Es gab gekühltes Mineralwasser, Saft und Limonade sowie Dosenbier aus Holland. Sie entschied sich für eine Dose Heineken-Bier, die sie sich vom letzten Shoppingtrip aus Venlo mitgebracht hatte. In Holland gab es noch keinen Dosenpfand, und Katrin genoss es ab und zu, zünftig, wie ein Cowboy am Lagerfeuer, ein eiskaltes Dosenbier zu trinken. Sie riss die Lasche auf, nahm einen tiefen Schluck und wischte sich den Schaumbart mit dem Handrücken von den Lippen. Und obwohl sie mit Fußball eigentlich nichts am Hut hatte, so dachte sie dennoch an die Fußballeuropameisterschaft im Frühjahr. Die holländische Nationalmannschaft hatte erst den Weltmeister Italien, dann auch noch den Vizeweltmeister Frankreich mit einem schönen 4:1 abgehängt und sich mit sechs Punkten ins Viertelfinale gekickt, während die deutsche Nationalmannschaft weit abgeschlagen war. Dann hatte sich das Blatt gewendet, und Deutschland hatte den Gegner geschlagen, während Holland seinem Gegner Russland mit einem 3:1 unterlegen war und den Heimweg hatte antreten müssen. Katrin erinnerte sich an die lauen Frühsommerabende, die sie zusammen mit Peter beim sogenannten Public Viewing verbracht hatte. Damals war er noch so anders gewesen, dachte sie ein wenig wehmütig. Kaum zu glauben, dass das alles erst ein Vierteljahr her war. Er hatte sich so sehr verändert und um hundertachtzig Grad gedreht, seitdem er mit dieser Heide zusammen war. Unwillkürlich musste Katrin grinsen, als sie an den Telefonsex-Werbespot dachte. »Prost Heide«, sagte sie gönnerisch in die Stille der Küche und trank.

Dann dachte sie wieder an Peter. Was war nur los mit ihm? Warum profilierte er sich so in seiner Vaterrolle, obwohl er doch genau wusste, wie zeitintensiv Katrins Job manchmal war? Heide, seine neue Freundin, war sicherlich Schuld an der ganzen Misere. Sie trank noch einen Schluck. Das kalte Bier erfrischte sie und schärfte ihre Sinne. Als sie sich vor drei Monaten getrennt hatten, waren sie unter der Voraussetzung auseinander gegangen, immer für Sophie da zu sein, dem Mädchen immer die Eltern zu sein, die es sicherlich suchte. Nun schien alles anders, und Peter ergötzte sich förmlich an den Vorwürfen, die er ihr wegen des Berufs machen konnte.

So stand Katrin minutenlang am offenen Kühlschrank, trank Bier und hing ihren Gedanken nach. Sie nahm sich vor, mit Peter zu reden, sobald der Fall gelöst war und sie den Kopf für ihre privaten Probleme wieder freihatte.

Ihre Gedanken kreisten um die Vorfälle in der Kirchengemeinde. Wie schrecklich musste es für Pfarrer Tütering sein, kurz vor dem Jubiläum der Kirche von diesen Ereignissen heimgesucht zu werden. Eigentlich hatte sie Karl anrufen wollen. Er hatte sich nicht, wie versprochen, bei ihr gemeldet. Sicherlich lag das Obduktionsergebnis von Martha Behring längst vor. Ihre innere Unruhe wuchs, und Katrins Müdigkeit war trotz der nachtschlafenden Zeit wie weggeblasen.

Sie zuckte zusammen, als das Handy klingelte. Das schrille Signal klang in der Stille des nächtlichen Hauses wie ein Kanonenschlag. Katrin umklammerte die Bierdose fester. Das dünne Weißblech knirschte. Wer rief sie um diese nachtschlafende Zeit an?

Katrin rannte, mit der Dose in der Hand, in den Flur. Hier lag das Handy auf der kleinen Kommode. Das Leuchten des Displays wirkte unnatürlich hell und tauchte den kleinen Flur in ein geisterhaftes Licht.

»Rufnummer unterdrückt« stand im Display.

Katrin zögerte nicht lange und drückte die grüne Taste. »Hallo?!«

Am anderen Ende der Leitung herrschte Stille. Dann ertönte ein Rauschen, das anschwoll, um dann wieder, genauso schnell wie es begonnen hatte, zu verebben. Katrin identifizierte dieses Rauschen als ein vorbeifahrendes Auto. Der Anrufer stand also auf einer Straße.

»Hallo, was wollen Sie? Es ist nicht die richtige Zeit für einen dummen Scherz. Also reden Sie.«

»Nicht so voreilig, Frau Kommissarin.« Es war eine männliche Stimme, akzentfrei. Katrin versuchte, die Stimme des Anrufers zu identifizieren, was ihr aber nicht gelang. »Ich habe eine Nachricht für Sie.«

»Sagen Sie mir erst mal, wer Sie sind, wenn Sie schon wissen, wer ich bin.« Katrin hatte Mühe, das Zittern in ihrer Stimme zu verbergen. Sie versuchte, den Anrufer bei Laune zu halten.

»Das ist nicht wichtig. Ich wollte Ihnen nur meine Anerkennung aussprechen.«

Wieder fuhr im Hintergrund ein Auto vorbei. Als Katrin in die Nacht lauschte, stellte sie fest, dass auch draußen, auf der Oststraße, ein Auto vorbeirollte. Es könnte also sein, dass der Anrufer auf der Oststraße stand, unweit von ihrem Haus. Konnte er sie vielleicht sogar beobachten? Ihre Unruhe wuchs.

»Wofür wollen Sie mir Ihre Anerkennung aussprechen?«, konterte Katrin. »Ich weiß nicht einmal, wer Sie sind und worum es geht.«

»Sie machen hervorragende Arbeit. Nur tun Sie mir einen Gefallen, Frau Kramer. Lassen Sie die Vergangenheit ruhen – ein für alle Mal.«

»Woher kennen Sie meinen Namen?«, gellte Katrins Stimme auf, doch es war bereits zu spät. Der Anrufer hatte das Gespräch beendet. Im Hörer ertönte ein akustisches Signal.

Die Verbindung war unterbrochen. Katrin starrte das Handy in ihrer Hand an wie ein Ding aus einer anderen Welt. Unwillkürlich drückte sie den roten Knopf und schaltete das Gerät aus.

Er ist hier, hämmerte es in ihrem Schädel. Er ist hier und er beobachtet mich.

Sie ging zur Garderobe, wo ihre Jacke am Haken hing. Katrin schlug den Stoff zur Seite und zog die Dienstwaffe aus dem ledernen Holster. Plötzlich fühlte sie sich in ihrer eigenen Wohnung nicht mehr sicher. Die Waffe gab ihr das Gefühl, dem Täter nicht wehrlos ausgeliefert zu sein.

Da es sich bei ihrem Haus um ein verschiefertes bergisches Fachwerkhaus handelte, gab es keine Rollläden. Normalerweise ließ sie bei Einbruch der Dunkelheit die Jalousien herunter und zog die Gardinen zu. Weil sie aber vor dem Fernseher eingeschlafen war, war nichts dergleichen geschehen. Jeder, der in der Dunkelheit um das Haus schlich, konnte sie jetzt beobachten. Katrin nahm einen tiefen Schluck aus der Bierdose und stelle das Heineken beiseite. Stand er bereits vor dem Haus und achtete auf jede Bewegung, die sie hier drinnen machte? Katrin bekam Angst, ein Gefühl, das sie sich eigentlich auf der Polizeischule abgewöhnt hatte. Sie blickte durch die Milchglasscheibe in der dunkelgrünen Haustür hinaus in die Nacht. Hatte sie dort einen huschenden Schatten gesehen?

»Ruhig, Katrin«, mahnte sie sich selber und atmete ein paar Mal tief durch. »Deine Nerven drehen durch und spielen dir einen Streich, jede Wette. Vermutlich handelt es sich bei dem Anruf nur um einen Bluff.

Woher sollte er wissen, wo ich wohne?

Woher hat er dann meine Handynummer?

Woher weiß er meinen Namen?

Woher weiß er überhaupt, dass ich mit dem Fall betreut bin?

Die Gedanken rasten durch ihren Kopf, und es dauerte einen Augenblick, bis ihr geschultes Gehirn die Ängste kanalisieren konnte. Er ist schlau, verdammt schlau. Und er spielt mit uns. Das hatte sie Brauer schon am Morgen gesagt. Offenbar hatten sie es hier mit einem hochintelligenten Gegner zu tun. Aber welche Absicht verfolgte er? Welchen Sinn hatten die beiden Toten?

Ging es hier wirklich nur um Kunstraub?

Der Schrein der Heiligen Therese war sicherlich nicht so wertvoll, dass wegen ihm zwei Menschen sterben mussten. Oder gab es ein Geheimnis, das die Reliquie barg? Katrin nahm sich vor, Pfarrer Tütering morgen danach zu fragen – wenn sie dazu noch kommen würde, dachte sie in einem Anflug von Galgenhumor.

Bevor Katrin den Gedanken zu Ende führen konnte, riss sie ein Geräusch aus den Überlegungen. In der Küche gab es einen ohrenbetäubenden Knall, unter den sich ein Splittern von Glas mischte. Dort ging ein wahrer Scherbenregen nieder. Katrins Herzschlag schien einen Augenblick lang auszusetzen. Die Küche lag ebenerdig; hier hatte der Täter leichtes Spiel. Katrin tat sofort das, weshalb sie eigentlich in den kleinen Flur gekommen war: Sie zückte die Dienstwaffe, entsicherte und spähte um den Türrahmen herum in die Küche. Der Raum war fast quadratisch und lag dunkel vor ihr. Nur das Rechteck des Fensters über der Spüle hob sich vom alles verschlingenden Schwarz der Nacht ab. Ein kalter Luftzug wehte in die Küche und streifte ihr erhitztes Gesicht. Im Zwielicht, das von außen eindrang, glitzerte etwas. Scherben, überall Glasscherben von der eingeschlagenen Fensterscheibe.

»Zeigen Sie sich!«, gellte Katrins Stimme durch die Dunkelheit. »Kommen Sie mit erhobenen Händen heraus und zeigen Sie sich! Ich bin bewaffnet, und ich scherze nicht.«

Anstatt einer Antwort hörte Katrin draußen Schritte, die sich schnell vom Haus entfernten. Sie machte auf dem Absatz kehrt, stürmte aus der Küche in den Flur und löste die massive Kette. Dann schloss sie auf, riss die schwere Haustür auf und stand im nächsten Moment schon auf dem kleinen Platz vor dem Haus. Gegenüber gab es ein ähnliches Haus. Die Nachbarn schliefen längst und schienen auch von dem Angriff nichts mitbekommen zu haben. Alle Fenster waren dunkel. Der Wind stand günstig, und man hörte das monotone Rauschen der nahen Autobahn.

Katrin hielt den Atem an und lauschte mit schräg gelegtem Kopf. Sie vernahm das Wummern von LKW-Reifen und das Rauschen des Herbstwindes. Ansonsten umfing sie Stille. Trügerische Stille, das wusste sie. Sie verfluchte, dass sie die Birne der kleinen Laterne über dem Hauseingang nicht schon längst erneuert hatte, so wie sie es sich schon vor zwei Wochen vorgenommen hatte. Jetzt, zur dunklen Jahreszeit, hielt der installierte Bewegungsmelder mögliche Einbrecher fern. Hatte der Kerl gewusst, dass das Licht kaputt war?

Katrin unterdrückte einen Fluch. Von dem Besucher weit und breit keine Spur. Mit der P 1 im Anschlag umrundete sie das Haus. Im Garten angekommen, blickte sie an der Fassade empor. Das Kinderzimmer lag unter dem Dach. Nur ein kleines Fenster auf der Giebelseite gab den Blick in den nächtlichen Garten frei. Doch das Zimmer war dunkel. Vermutlich hatte auch Sophie nichts von der Aktion mitbekommen. Gut so, dachte sich Katrin. Dann stand sie vor der Küche. Eine Taschenlampe wäre jetzt toll, doch die schwere Lampe stand oben, neben dem Bett. Katrin trat von außen an das ebenerdige Küchenfenster beziehungsweise an das, was noch davon übrig war.

Jemand hatte die Scheibe eingeschlagen. Sie hörte hinter sich ein Geräusch, wirbelte herum und sah einen dunklen, hochgewachsenen Schatten, der sich schnell entfernte. Sie hechtete hinterher, stolperte die Stufen zum Haupthaus hinunter und stand auf dem ebenfalls dunkeln Hof. Das Tor zur Straße stand einen Spaltbreit offen. Katrin zögerte keine Sekunde. Sie war bewaffnet. Und wer auch immer sich mit ihr einen dummen Scherz erlaubte, sie würde ihn stellen.

Draußen auf der Straße wurde ein Motor gestartet. Reifen quietschten, der Motor brüllte auf wie ein getretenes Tier und machte einen Höllenlärm. Dann plötzlich wieder ein Scheppern, und Blech kreischte. Der Wagen entfernte sich. Katrin stand in der Löf und sah gerade noch, wie sich zwei rotglühende Rücklichter in Richtung Wichlinghauser Markt entfernten. Da die Ampeln um diese Zeit ausgeschaltet waren, hatte der Täter freie Bahn. Er könnte in ein paar Minuten auf der Autobahn sein und in alle Richtungen unerkannt entkommen.

Als sie neben ihrem Polo stand, bemerkte sie, dass der kleine Wagen schräg auf dem Bürgersteig stand. Nein, so hatte sie ihn vorhin ganz bestimmt nicht geparkt. Bei näherem Hinsehen stellte sie fest, dass das Heckblech und die linke Seitenwand eingedrückt waren. Jetzt wusste sie, was das Krachen verursacht hatte: Vermutlich hatte der Täter seinen Wagen direkt hinter ihrem Polo geparkt. Und bei seiner überstürzten Flucht hatte er ihren Wagen gerammt. Scherben von einem zerstörten Rücklicht lagen auf dem Pflaster verstreut herum. Fluchend kehrte Katrin ins Haus zurück.

Jetzt schaltete sie das Licht ein. Als sie die Küche betrat, sah sie die Bescherung. Überall lagen Scherben herum. Das Zimmer sah aus, als wäre eine Bombe eingeschlagen.

Und inmitten der Splitter fand sie den Gegenstand, mit dem der Täter die Scheibe eingeschlagen haben musste: Eine kleine hölzerne Schatulle, fast wie eine winzige Schatztruhe. Sie bückte sich nach der Kiste, hob sie auf und öffnete sie. Darin befand sich ein kleiner tiefroter Stein, der im Licht der Deckenlampe geheimnisvoll funkelte wie ein Rubin. Er sah dem Rubin, den sie an der Kirche gefunden hatten, zum Verwechseln ähnlich. Neben dem Stein klemmte ein zusammengefalteter Zettel. Katrin zog ihn heraus und faltete ihn auseinander. Die Schrift stammte wohl aus einem einfachen Tintenstrahldrucker, denn die Lettern waren leicht verwischt. Eine Standardschrift, Times oder New York, zwölf Punkt, nichts Besonderes also.

Der Ausdruck hätte aus jedem beliebigen Tintenstrahldrucker kommen können. Kramers Hände zitterten leicht, als sie die Worte las.

Eine kleine Entschädigung für die durch mich entstandenen Unannehmlichkeiten, Frau Kommissarin.

Sie trat in den Flur und lauschte nach oben. Im Kinderzimmer blieb es ruhig. Katrin war froh, dass Sophie einen besonders tiefen Schlaf hatte und trotz des nächtlichen Lärms nicht aufgewacht war. Jetzt galt es, Ruhe zu bewahren. Katrin spürte, dass der Täter sich in die Enge getrieben fühlte. Sie schickte ein Stoßgebet zum Himmel und hoffte, dass der Täter nicht überreagieren würde.

Brauer war am späten Abend völlig übermüdet nach Hause geradelt. Er hasste der verdammten Herbst, er hasste den Wind, der ihm das Fahren mit dem Mountainbike erschwerte, und er hasste diese feuchte Kälte, die seine Kleidung im Nu durchdrungen hatte und seine Glieder zu lähmen drohte. Auf dem Heimweg hatte er an der Aral auf der Bundesallee angehalten, um sich drei Dosen Bier mitzunehmen. Zu Hause hatte er sich eine billige Tiefkühlpizza in den provisorisch aufgestellten Backofen geschoben, die trockene aber immerhin aufgewärmte Pampe mit dem Bier heruntergespült.

Über ihm war schon wieder Krieg ausgebrochen. Achmed schlug seine Frau, die kreischte, als würde sie abgestochen werden. Nachdem Brauer ein paar Mal mit dem Besenstiel an die Decke geklopft hatte, war Ruhe eingekehrt. Satt hatte er sich auf das Sofa verkrümelt und hatte sich durch die Programme gezappt. Danach war er auf der Couch vor dem Fernseher eingeschlafen.

Geraucht hatte er nicht mehr – für Kippen hatte sein Geld nicht mehr gereicht. Knapp fünf Euro für eine Schachtel Zigaretten waren für ihn unerschwinglich geworden. Für ihn, den angesehenen Kommissar der Wuppertaler Mordkommission. Für ihn, das Scheidungsopfer, das zuvor glücklich in einem

Reihenhaus am grünen Rand von Elberfeld gewohnt hatte und einen dicken Wagen gefahren hatte. Barbara saugte ihn aus. Sie machte ihn fertig und sie geilte sich daran auf, ihn leiden zu sehen. Mit diesen Gedanken war er, völlig erschöpft von der Wochenendschicht im Präsidium, in den frühen Morgenstunden eingeschlafen.

Zuletzt, daran konnte er sich erinnern, waren im Fernsehen diese widerlichen Telefonsexspots gelaufen.

1.40 Uhr, Gathe

»Brauer, ich hoffe, Sie wissen wie spät es ist?!«, meldete er sich verschlafen und gähnte ungeniert in den Hörer.

»Karl, ich bin's, entschuldige die nächtliche Störung.«

»Katrin?«

»Ja, richtig erraten. Kannst du zu mir kommen?«

Er gab sich noch einmal einem Gähnanfall hin. »Ich glaube nicht, dass ich der richtige Mann bin, um dir Gesellschaft zu leisten, Katrin.«

»Doch, du bist genau der richtige. Werd wach, Kollege. Ich hatte eben Besuch.«

»Männerbesuch, nehme ich an?«

»Allerdings. Klaus, ich mach nicht gerne Stress, aber beweg deinen Arsch hierher. Der Mörder war hier, und er hat mir einen Rubin ins Fenster geworfen. Und eine Nachricht.«

»Einen Rubin? Klingt nach einem Stein aus dem Schrein des Pfarrers.« Brauer war auf der Stelle wach. »Und jetzt?«

»Auto kaputt, Fenster kaputt, Küche sieht beschissen aus. Aber tu mir jetzt den Gefallen und komm her. Am besten bringst du direkt die Jungs von der Spurensicherung mit!«

Brauer nickte, was Katrin am anderen Ende der Leitung natürlich nicht sehen konnte. »Klingt, als wär' bei dir der Krieg ausgebrochen. Ich nehme mir ein Taxi. Das heißt ... ich hab gar kein Geld für ein Taxi.«

»Das bezahl ich dir schon, Hauptsache, du bist schnell hier!« Katrin unterbrach die Verbindung. Alles andere konnte sie ihm gleich ganz in Ruhe erzählen.

2.05 Uhr, Wichlinghausen

Die uniformierten Kollegen hatten den Tatort abgesichert, und der Trupp der Spurensicherung hatte sich der Küche angenommen. Inzwischen waren auch die Nachbarn von der nächtlichen Unruhe aufgewacht und von den Streifenpolizisten befragt worden. Natürlich hatte niemand etwas von Katrins Besucher mitbekommen. Erst der Knall, als der Flüchtende Katrins Polo gerammt hatte, hatte die Nachbarn auf den Plan gerufen. Der Polo war wohl Schrott, aber darum würde Katrin sich morgen kümmern. Nur Sophie bekam nichts von dem nächtlichen Spuk mit – sie schlief tief und fest in ihrem Kinderzimmer unter dem Dach. Das war auch gut so, denn schließlich hatte sie morgen früh um acht Uhr Schule.

Katrin und Brauer hockten im Wohnzimmer. So unwohl hatte sich Katrin noch nie in ihren eigenen vier Wänden gefühlt. Eilig hatten sie das zerstörte Küchenfenster mit Brettern und einer Folie verschlossen. Für einen Einbrecher, der zum Tatort zurückkehrte, war dies natürlich kein Hindernis, aber Brauer und Kramer waren sich sicher, dass der Täter seine Mission hier bereits erfüllt hatte und nicht noch einmal auftauchen würde.

»Du hattest recht«, brach Brauer schließlich das Schweigen.

Katrin blickte ihn unverwandt an.

»Er spielt mit uns. Er spielt in der Kirche Russisch Roulette, und mit uns spielt er Räuber und Gendarm.«

»Dann wird es Zeit, dass wir mit ihm Fangen spielen«, murmelte Katrin sarkastisch. Sie erhob sich und ging hinüber zur Küche. Brauer folgte ihr. Tim Gerhardts blickte auf. Sein Assistent fotografierte immer noch.

»Schon was Interessantes entdeckt?«

Gerhardts zuckte die Schultern. »Die Analyse des Druckers wird vielleicht mehr bringen. Und dass der Rubin einwandfrei vom Schrein der Heiligen Therese stammt, steht wohl auch außer Frage.«

»Das hätte ich mir auch ohne eure Hilfe denken können.«

»Wir haben die Fingerabdrücke genommen. Sie stimmen mit denen überein, die wir an dem anderen Rubin gefunden haben. Vermutlich haben wir es wirklich mit einem einzelnen Täter zu tun.« Gerhardts grinste zu Brauer auf, der sich hinter Katrin im Türrahmen aufgebaut hatte. »Übrigens nicht die Fingerabdrücke von Pfarrer Tütering. Ich habe das schon gecheckt.«

»Erinner mich daran, dass ich dich zum Mitarbeiter des Monats vorschlage«, brummte Brauer gelangweilt. Den Gedanken, dass Tütering selbst etwas mit den Morden zu tun hatte, hatte er längst wieder verworfen.

»Was ist mit den Autoscherben auf der Straße?«, fragte Katrin.

»Wir haben sowohl die Scherben als auch die Lackabsplitterungen, die nicht von deinem Polo kommen, aufgenommen und werden sie morgen, ähm, heute früh, im Labor identifizieren. So schnell können wir das nicht zuordnen. Es sei denn, du hast einen Verdacht. Bei dem Unfallverursacher handelt es sich um einen dunkelroten Wagen.«

»Ich wüsste nicht, wer einen dunkelroten Wagen fährt«, murmelte Katrin und gähnte herzhaft. Die vergangenen Stunden hatten an ihrer Substanz gezehrt.

»Nichtsdestotrotz läuft eine Großfahndung«, mischte sich Brauer ein. »Sobald den Kollegen ein vorne rechts beschädigtes, dunkelrotes Fahrzeug auffällt, ist er uns ins Netz gegangen.«

»Das ist die berühmte Suche nach der Stecknadel im Heuhaufen«, erwiderte Katrin und winkte ab. »Ich denke, heute erreichen wir nichts mehr. Wir sollten uns noch ein paar Stunden aufs Ohr hauen.«

»Das sehe ich auch so.« Gerhardts packte seine Utensilien in einen Alukoffer und nickte seinem Assistenten zu. »Im Präsidium erreichen wir mehr. Hier wären wir fürs Erste fertig.«

»Dann ab mit euch, Jungs.« Katrin brachte die Kollegen zur Tür.

Brauer blieb unschlüssig im Türrahmen stehen. Sie blickte ihn fragend an. »Kannst du heute Nacht hier bleiben?«

»Ich wäre sowieso nicht gegangen«, erwiderte er grinsend. »Gib mir einfach eine Decke, und ich hau mich im Wohnzimmer auf die Couch.«

Am liebsten hätte Katrin ihn umarmt.

8.30 Uhr, Polizeipräsidium

Die vielsagenden Blicke der Kollegen ignorierten Katrin und Brauer, als sie nach einer kurzen Nacht im Polizeipräsidium eintrafen. Brauer war unrasiert und trug seit drei Tagen das gleiche Hemd, tiefe Ringe lagen unter seinen Augen, und er war mies gelaunt.

Gerhardts kam ihnen bereits auf dem Korridor entgegen. Auch er wirkte übernächtigt. »Moin«, rief er trotzdem gut gelaunt. »Der Alte hat schon nach euch gefragt.«

»Das ist genau das, was ich jetzt brauche«, fauchte Brauer.

»Vielleicht hat er schon eine Ermittlungskommission auf die Beine gestellt«, fügte Katrin hinzu.

Gerhardts zuckte die Schultern. »Jedenfalls liegen inzwischen die Berichte der Kollegen aus Düsseldorf vor. Geht schon mal rein, ich hol uns 'ne Runde Kaffee am Automaten und komm gleich nach.«

Brauer tauschte einen Blick mit Katrin, zog die Mundwinkel nach unten und klopfte an der Bürotür von Hauptkommissar Franz Kittler. Nach einem recht brummigen »Herein«

öffnete er die Tür. Brauer und Kramer traten ein und drückten die Tür hinter sich ins Schloss. Kittler blickte von seinem Monitor auf. Der Abteilungsleiter der Wuppertaler Mordkommission war Mitte fünfzig, von untersetzter Statur und hatte silbrige, dünne Haare, die er streng gescheitelt trug. Sein Kinn war markant, die grauen Augen lagen unter buschigen Augenbrauen. Als Kriminalist der alten Schule legte er Wert auf eine korrekte Kleiderordnung. So trug er einen grauen Anzug, dazu ein blaues Hemd und eine Krawatte, die mit der Farbe des Anzuges korrespondierte. Jetzt huschte der Ansatz eines Lächelns um seine Lippen. »Kommen Sie herein und nehmen Sie Platz!«

Brauer und Katrin rückten sich die beiden Besucherstühle vor dem Schreibtisch des Chefs zurecht und setzten sich. Das Büro des Hauptkommissars unterschied sich nur unwesentlich von dem der beiden. Hier gab es keine zwei aneinander gestellten Schreibtische, dafür aber einen runden Tisch in der rechten Ecke. An der Wand hing eine bereits leicht vergilbte Karte des Bergischen Landes, neben dem Fenster, das zur viel befahrenen Friedrich-Engels-Allee zeigte, kümmerte ein großer Benjaminbaum vor sich hin. Die linke Wand wurde von einem bis zur Decke reichenden Aktenregal beherrscht. Daneben eine Verbindungstür, die zu Brauers und Kramers Büro führte.

»Da liegt ja ein ereignisreiches Wochenende hinter uns«, eröffnete Kittler das Gespräch und verschränkte die Arme vor der Brust. Er war ernst geworden.

»Hinter uns? Sie hatten dienstfrei, wenn ich mich recht erinnere«, brummte Brauer.

»Sie hätten mich anrufen können – und in diesem Fall sogar anrufen müssen«, konterte Kittler und griff nach einem Kugelschreiber. Er tickerte ein paar Mal mit der Miene. »Gerhardts von der Spusi war so frei, mich über den Stand der Ermittlungen zu unterrichten.«

»Dann sind Sie ja im Bilde«, bemerkte Katrin und schlug die Beine übereinander. Der Schrecken der letzten Nacht steckte ihr immer noch in den Knochen. Später würde sich ein Glaser um ihr Küchenfenster kümmern. Es wurmte sie, dass ihr alter Polo ein Fall für die Schrottpresse war und sie erst einmal auf öffentliche Verkehrsmittel angewiesen sein würde.

»Im Bilde ist vielleicht der falsche Ausdruck«, entgegnete Kittler. »Ich frage mich, warum Sie die Wohnung von Susanne Mallmann nicht durchsucht haben.«

»Der richterliche Durchsuchungsbefehl ist gerade gekommen. Wir können also loslegen.«

»Gehen Sie davon aus, dass Frau Mallmann auch hinter dem Einbruch in Ihrem Haus steckt, Frau Kramer?«

Diese Frage hatte Katrin sich letzte Nacht auch mehrfach gestellt, ohne jedoch zu einer Antwort gekommen zu sein. Gab es doch mehrere Täter? Oder hatte der Mord an Klaus Gerber doch nichts mit dem Kunstraub von Christ König zu tun? »Das werden wir herausfinden. Ich werde mich um Pfarrer Tütering kümmern – er hat vermutlich genug Probleme wegen der Reliquie, die abhanden gekommen ist und nun anscheinend stückweise wieder auftaucht.«

»So kann der Dieb aber kein Geld verdienen«, gab Brauer zu bedenken. »Ich meine, wenn er die einzelnen Ornamente vom Schrein abbaut und sie an seinen Tatorten hinterlässt, anstatt sie zu verkaufen, kann er es nicht weit bringen. Er hält uns zum Narren.«

»Vielleicht will er sich auch gar nicht an dem Schrein bereichern.« Franz Kittler warf den Kugelschreiber zurück auf den Schreibtisch und beugte sich weit nach vorn über die Platte. »Was, wenn er Rachepläne verfolgt und gar kein Interesse an Geld hat?«

»Dann wären wir wieder bei Susanne Mallmann«, antwortete Katrin. »Aber ich wage zu bezweifeln, dass sie alleine für den Kunstraub verantwortlich ist. Sie ist nicht allzu groß und von zierlicher Statur. Ich kann mir beim besten Willen nicht vorstellen, dass sie den Schrein alleine aus der Sakristei getragen hat.«

»Dann hatte sie vielleicht einen Verbündeten.«

»Und einen Mitwisser.«

»Sie arbeitet als Kassiererin im Supermarkt, lebt ziemlich zurückgezogen und ist ledig.« Plötzlich erinnerte sich Katrin an diesen geheimnisvollen Geliebten, der die Nacht mit der Mallmann verbracht hatte, bevor er im Morgengrauen verschwunden war. Sie erzählte Kittler davon.

»Wer ist der Kerl?«, fragte er. »Kümmern Sie sich darum. Möglicherweise ist er mehr als ein Liebhaber von Susanne Mallmann, und sie will ihn nur decken.«

»Wir hätten da noch jemanden im Angebot.« Brauer berichtete von Kemal Üncülü. »Allerdings hat der ein hieb- und stichfestes Alibi für die Tatzeit.«

»Das hat nichts zu bedeuten. Was, wenn sie sogar mit diesem Kemal Üncülü unter einer Decke steckt?«

Ein überzeugter Moslem, der seiner Freundin dabei behilflich ist, ihren Rachegedanken auszuführen? Kramer musste sich eingestehen, an diese Möglichkeit noch gar nicht gedacht zu haben. Sie tauschte einen schnellen Blick mit Brauer und bemerkte, dass es ihm anscheinend nicht anders ging.»Gerhardts sagte, dass die Berichte der Kollegen aus Düsseldorf vorliegen?«, wechselte Brauer das Thema.

»Allerdings. Er wird uns gleich ... ach, da ist er ja schon.« Kittler blickte an Katrin und Brauer vorbei zur Tür, die gerade aufgestoßen wurde. Unter den Arm hatte Gerhardts sich einen Aktenordner geklemmt, in den Händen hielt er ein Plastiktablett mit Kaffeebechern. Er stellte das Tablett auf dem runden Tisch ab und verteilte die Becher. Der Kaffee roch angenehm würzig. »Ich dachte, bei einem Kaffee lässt sich besser überlegen«, kommentierte er mit einem fast mütterlichen Lächeln. »Und ganz besonders nach der kurzen Nacht, die hinter uns liegt.«

Kittler bekam ebenfalls einen Milchkaffee. So tranken sie und hingen einige Augenblicke ihren Gedanken nach. »Was hat denn nun die Untersuchung der Kollegen ergeben?«, brach der Hauptkommissar schließlich das Schweigen.

Gerhardts zog sich einen der Stühle vom Tisch heran und setzte sich in gewohnter Manier falsch herum darauf. Er wandte sich an Katrin. »Zunächst einmal hat der Abgleich der Scherben und Lacksplitter ergeben, dass es sich bei dem Fahrzeug des Täters um einen Passat älterer Bauart handelt. Wie schon gesagt, ist der Wagen bordeauxrot und ziemlich verwittert, was darauf schließen lässt, dass es keine Garage gibt oder der Wagen über einen längeren Zeitraum im Freien stand, ohne benutzt zu werden. Die Fahndung verlief bis jetzt erfolglos.«

»Da ich damit rechne, dass wir es mit einem intelligenten Täter zu tun haben, gehe ich davon aus, dass er schlau genug war, nach dem Crash mit deinem Polo nicht mehr stundenlang mit der beschädigten Kiste spazieren zu fahren«, bemerkte Brauer.. »Vermutlich hat er den Wagen so schnell wie möglich in einer alten Lagerhalle, einer leerstehenden Fabrik oder einer Garage verschwinden lassen, und will nun abwarten, bis Gras über die Sache gewachsen ist.«

»Wir sollten eine Pressemitteilung rausgeben und die Bürger um Mithilfe bitten«, überlegte Katrin. »Wenn wir im Radio, in der Presse und im Lokalfernsehen nach dem zerbeulten Passat suchen, werden auch die Werkstätten wachsam und uns informieren, sobald dort ein derartiges Fahrzeug auftaucht, um repariert zu werden.«

»Was ist mit den Fingerabdrücken auf den Rubinsteinen?«, fragte Brauer, an Gerhardts gewandt.

»Identisch, wie bereits vermutet. Allerdings sind die Abdrücke noch nicht in unserem Vorstrafenregister erfasst. Ein Umstand, der die Sache nicht gerade leichter macht. Der Form der Abdrücke nach zu urteilen handelt es sich um die Fingerabdrücke eines Mannes, was eure Theorie von Susanne Mallmann als Täterin in Frage stellen dürfte.«

»Mittäterin«, verbesserte Kittler ihn. »Vielleicht ist sie nur eine Mittäterin und hat mit dem Kunstraub in erster Linie gar nichts zu tun.« Der Hauptkommissar leerte seinen Plastikbecher, zerknüllte ihn und beförderte ihn mit einem eleganten Wurf in den Papierkorb. »Wie dem auch sei – rücken Sie aus und kümmern Sie sich um Susanne Mallmann. Und anschließend klopfen Sie Üncülü auf den Busch. Ich will wissen, ob er mit Mallmann gemeinsame Sache macht.«

10.50 Uhr, irgendwo in Elberfeld

»Sie wissen, dass Sie mit dem Treppeputzen dran sind diese Woche?«

Unwillkürlich zuckte er bei dem keifenden Unterton von Frau Huber zusammen. So leise wie möglich hatte er versucht, sich unbemerkt aus dem Haus zu schleichen. Doch kaum, dass er die Wohnungstüre hinter sich ins Schloss gezogen hatte, war eine Etage unter ihm die Tür aufgeflogen, und eine in einen geblümten Kittel gehüllte Frau Ende sechzig stellte sich ihm in den Weg. Sie war klein und stämmig, hatte die grauen Haare hinter dem Kopf zu einem Knoten zusammengebunden und stemmte die Hände in die Hüften. Frau Huber war eine alte, verbitterte Witwe, die hinter jedem Mitmenschen, und war er noch so freundlich und hilfsbereit, die böse Seite suchte – und manchmal auch fand. Sie hing ständig hinter dem Spion ihrer Wohnungstür, kaum, dass sich im Hausflur etwas tat, verbrachte den halben Tag am Fenster, um das Geschehen auf der Straße zu beobachten und achtete pedantisch darauf, dass die Hausordnung eingehalten wurde. Der junge Mann über ihr war ihr schon seit Langem suspekt – nie hatte sie daraus einen Hehl gemacht. Seitdem ihm die Freundin weggelaufen war, geschahen in der Wohnung seltsame Dinge.

Er gab sich Mühe, freundlich zu bleiben. »Natürlich kenne ich die Putzordnung. Und offen gestanden hatte ich schon ein schlechtes Gewissen, am Wochenende nicht dazu gekommen zu sein. Aber ich war beruflich eingespannt und werde das selbstverständlich noch heute nachholen.«

Als würde es im Leben nichts Wichtigeres geben, als die beschissene Treppe zu putzen, du alte Kuh! Tust gerade so als würde dir das Haus gehören. Dir werd ich es auch noch zeigen, wart's ab!

Nach außen hin ließ er sich nichts anmerken. Er lächelte höflich. »Jetzt muss ich aber wirklich los, ich bin spät dran, müssen Sie wissen. Entschuldigen Sie mich, Frau Huber. Ich wünsche Ihnen einen schönen Tag!« Damit drückte er sich an der alten Dame vorbei und huschte die Treppe herunter.

Als er auf der Straße stand, atmete er tief durch. Die Beklemmung, die ihn eben noch befangen hatte, fiel schlagartig von ihm ab. Er hasste solche nahen Kontakte zu seinen Mitmenschen. Die Nachbarin wusste wohl noch nicht, dass er nächste Woche hier verschwunden sein würde. Ein für alle Mal, sagte er sich, während er an der Fassade des Mietshauses emporblickte. Natürlich bewegte sich die Gardine von Frau Hubers Wohnzimmerfenster. Die alte Schachtel stand wie immer am Fenster und glaubte ernsthaft, er würde sie nicht sehen können. Verächtlich spuckte er auf das Pflaster des Bürgersteiges. Diese Spießer waren ihm so zuwider. Vielleicht würde er sich an Frau Huber auch noch rächen. Er würde sich an jedem rächen, der ihm das Leben zu Hölle machte. Doch zunächst hatte er anderes vor ...

11.10 Uhr, Uellendahler Straße

Eine überraschte Susanne Mallmann öffnete ihnen die Tür.

»Dürfen wir reinkommen?«, fragte Katrin freundlich, aber distanziert. In ihrer Begleitung befand sich Kommissar Brauer und zwei uniformierte Polizisten, die sich dezent im Hintergrund hielten.

»Haben Sie den Mörder meines Vaters?«, fragte Susanne Mallmann, an Katrin gewandt. Sie wunderte sich über das Großaufgebot an ihrer Wohnungstür.

Katrin schüttelte den Kopf. »Nicht ganz, Frau Mallmann, aber wir sind auf dem richtigen Weg.«

Brauer zog den richterlichen Durchsuchungsbefehl hervor und erklärte Susanne Mallmann, was es damit auf sich hatte.

»Ein Durchsuchungsbefehl? Sie glauben also ernsthaft, ich hätte meinen Vater auf dem Gewissen? Ich werde mich bei Ihrem Vorgesetzten beschweren!«

Brauer war unbeeindruckt. »Das können Sie gern tun, zunächst müssen wir Sie jetzt aber bitten, uns in Ihre Wohnung zu lassen, Frau Mallmann. Oder wollen Sie, dass die Nachbarn mitbekommen, was hier vor sich geht?«

»Natürlich nicht. Schlimm genug, dass Sie mich verdächtigen.«

»Wir verdächtigen niemanden«, mischte sich Katrin jetzt ein. »Aber es ist unsere Pflicht, jeder Spur nachzugehen, die zum Mörder Ihres Vaters führen kann, und dazu sind wir auf Ihre Mithilfe angewiesen!«

»Ich verstehe.« Sie gab den Eingang frei. Susanne Mallmann trug Trauer: einen schwarzen, dünnen Pulli und eine eng anliegende Jeans, die ihre Figur vorteilhaft betonte, ebenfalls schwarz. Sie hatte ein dezentes Make-up aufgelegt. Ging ihr der Tod des verhassten Vaters doch näher, als Katrin und Brauer vermutet hatten? »Also gut – kommen Sie herein.«

Die vier Polizisten folgten der jungen Frau ins Wohnzimmer. Es war aufgeräumt. »Darf ich erfahren, was dieses Großaufgebot soll?«, fragte sie und bedachte die Streifenbeamten mit abschätzigem Blick.

»Acht Augen sehen mehr als vier«, erklärte Katrin.

»Ich kann einfach nicht verstehen, warum ausgerechnet ich ...«

»Das müssen Sie auch nicht verstehen.« Brauer nickte Katrin unauffällig zu und verschwand aus dem Zimmer. Die Streifenpolizisten folgten ihm. Jeder würde sich jetzt ein Zimmer vornehmen. Katrin blieb bei Susanne Mallmann. Sie trat an das große Fenster und blickte hinab auf die Straße. »Wir müssen jeder Spur nachgehen. Und der Durchsuchungsbeschluss ist nur eine Absicherung für uns, falls Sie Schwierigkeiten machen sollten. In unserem Beruf müssen wir leider mit allem rechnen, und nicht alle Mitmenschen sind bereit, mit uns zu kooperieren.«

»Ich verstehe.« Sie sank auf die Couch und rang mit den feingliedrigen Händen. Jede Farbe war aus ihrem hübschen Gesicht verschwunden.

Katrin beobachtete die junge Frau aufmerksam. »Diese Freundin, mit der Sie am Samstag auf der Party waren, erzählen Sie mir von ihr? Wer ist sie, woher kennen Sie sie?«

»Ich kenne Sie aus meiner Schulzeit.«

»Was macht sie beruflich?«

»Sie ist Apothekerin.«

Katrin blickte wieder aus dem Fenster. Unten auf der Straße herrschte hektisches Treiben. Ein LKW stand vor dem Haus und wurde mit einem großen Gabelstapler entladen. Der benachbarte Baumarkt erhielt Lieferung. Katrin setzte sich unaufgefordert auf das Sofa und beobachtete die junge Frau. »Sie würde also an jedes Medikament kommen?«

Susanne Mallmann fuhr herum. »Ist das eine Fangfrage?«

»Es ist eine Frage.«

»Sie sagten, mein Vater wurde erschossen.«

»Würde sie auch an E 605 kommen?«

»Schon ... denke ich zumindest. Hören Sie, was soll diese Fragerei? Mein Vater wurde nicht vergiftet, sondern erschossen.«

Brauer tauchte in der Wohnzimmertür auf. Er hielt eine Pistole in die Höhe, die er eingetütet hatte. Wie Kramer mit einem einzigen Blick erkannte, handelte es sich um eine Neunmillimeterwaffe. Eine P1, das Kaliber, mit dem Klaus Gerber erschossen wurde. Brauer trug dünne Einmalhandschuhe, um unnötige Fingerabdrücke zu vermeiden. Den letzten Satz von Susanne Mallmann hatte er offenbar mitgehört und antwortete: »Und wir haben die Tatwaffe gefunden.«

Er erstarrte zur Salzsäule, als er den Streifenwagen vor Susannes Haus stehen sah. Außerdem parkte dort ein riesiger Sattelzug in zweiter Reihe. Der Auflieger wurde mit einem stinkenden Gasgabelstapler entladen – der Baumarkt nebenan erhielt eine Lieferung Langholz. Hinter dem Sattelzug parkte ein grünsilberner Kombi mit Blaulicht, dahinter ein dunkelblauer Vectra, so unauffällig lackiert, dass er schon wieder auffällig war. Verdammt, waren sie ihm schon auf der Schliche, oder waren sie gekommen, um Susanne vom tragischen Tod ihres Vaters zu berichten?

Unwillkürlich presste er sich in einen Hauseingang auf der gegenüberliegenden Straßenseite und tat so, als würde er die Inschriften der Klingelschilder studieren.

Ruhig, Alter, bleib ganz cool, mahnte er sich zur Ruhe. Eigentlich lief alles nach Plan. Es war genauso gekommen, wie er es geplant hatte. Die heiße Nacht mit Susanne war also nicht umsonst gewesen. Jetzt zahlte sie dafür, dass er sie gevögelt hatte.

Recht so, freute er sich. Nichts im Leben ist umsonst, nicht einmal der Tod, denn den muss man mit dem Leben bezahlen. Wenn sie Susanne am Arsch hatten, dann hatte er Zeit, zum großen Finale auszuholen. Alles war gut, alles lief genau nach Plan.

»Woher haben Sie die Waffe?«

»Ich kenne das Ding nicht. Wo haben Sie die her?« Susanne Mallmanns Stimme klang schrill, ihre Augen waren angstgeweitet. Sie zitterte plötzlich am ganzen Körper. »Hören Sie, ich weiß nicht, was hier gespielt wird, aber ich kenne diese Pistole nicht!«

»Und wie kam die Pistole dann in Ihren Kleiderschrank? Wir haben die Waffe zwischen der gefalteten Wäsche gefunden.«

»Ich kann mir nicht vorstellen, wie ...« Susanne brach ab und barg das Gesicht in den Händen. Sie schluchzte. Dann hob sie den Kopf und blickte die Polizisten aus tränenverschleiertem Blick an. »Glauben Sie ernsthaft, dass ich meinen Vater ermordet habe?«

»Das können wir auf dem Präsidium besprechen«, erwiderte Katrin und erhob sich. Sie zückte die Handschellen. »Sie sind vorläufig festgenommen wegen des Verdachts, Ihren Vater erschossen zu haben.«

»Ich will meinen Anwalt sprechen.«

»Das können Sie tun – vom Präsidium aus.« Katrin beobachtete die beiden Streifenpolizisten, die Susanne Mallmann abführten. Und irgendetwas sagte ihr trotzdem, dass sie nicht die Mörderin von Klaus Gerber war. Kramer spürte endlich, dass sie auf der richtigen Spur war. Das Jagdfieber hatte sie gepackt.

Mittagszeit, Polizeipräsidium

»Wo bitte finde ich Susanne Mallmann?«

»Sind Sie ihr Anwalt?« Der junge Polizist war gerade auf dem Weg zum Kaffeeautomaten, als ihm der Besucher geradewegs in die Arme lief. Wie ein Anwalt sah er wirklich nicht gerade aus: Er trug eine verwaschene Jeans und einen dunkelbraunen Kapuzenpulli zu weißen Turnschuhen. Der Herbststurm, der die Stadt seit dem Vormittag im Griff hatte, hatte sein graues Haar verwühlt.

»Nein – ich bin Pfarrer Tütering. Würden Sie mich jetzt bitte zu Frau Mallmann bringen?«

»Sie sind ... Pfarrer?« Der Polizist musterte den Fremden ungläubig. »Tragen Sie nicht immer Schwarz-weiß?«

»Tragen Sie in Ihrer Freizeit immer Grün?«, konterte Tütering amüsiert und schenkte seinem Gegenüber ein feinsinniges Lächeln. Seine Augen funkelten belustigt hinter den dünnen Gläsern seiner Brille hervor. »Ich bin sozusagen in privater Mission hier. Trotzdem wäre ich Ihnen dankbar, wenn Sie mich jetzt ...«

»Schon gut, bitte entschuldigen Sie mein Verhalten.« Der Polizist, Tütering schätzte ihn auf Mitte zwanzig, errötete prompt. »Kommen Sie mit, Herr Pfarrer.« Er führte den Gast über den langen Korridor. Es roch nach Akten und Desinfektionsmitteln, eine Putzfrau schrubbte den PVC-Bodenbelag und grüßte leutselig.

Als sie an einer Tür mit der dem Schild ›Mordkommission‹ angelangt waren, klopfte der Polizist und wartete auf eine Reaktion von drinnen.

Erst als ein »Herein« ertönte, drückte er die Klinke herunter und steckte den Kopf in das Büro. »Hier ist jemand, der zu Frau Mallmann möchte.«

»Soll reinkommen.« Brauers Stimme klang genervt.

Der Polizist nickte Tütering zu und gab die Tür frei. Danach verschwand er von der Bildfläche.

Der Geistliche betrat ein spartanisch eingerichtetes Büro. Brauer zündete sich eine Zigarette an und blies den Rauch an die vergilbte Decke. Er wirkte übernächtigt, war unrasiert und hatte dunkle Ringe unter den Augen. Auch Katrin Kramer, die ihm gegenübersaß, wirkte nicht sehr ausgeschlafen. Sie nickte Tütering knapp zu und deutete mit dem Kinn auf einen der beiden Besucherstühle. Den anderen Stuhl hatte Susanne Mallmann in Besitz. Sie blickte Tütering aus großen Augen an. Erleichterung, nein, Dankbarkeit, lag in ihren Augen. Tütering setzte sich und betrachtete zunächst einmal das Büro. Es gab zwei aneinander gestellte Schreibtische, davor die einfachen Besucherstühle, auf denen sie jetzt saßen. »Herr Pfarrer«, rief Susanne Mallmann erfreut. »Gott sei Dank sind Sie gekommen. Sagen Sie den Polizisten, dass ich unschuldig bin – bitte!«

»Oh, ich fürchte, das kann ich nicht – noch nicht«, murmelte Tütering. »Aber ich bin hier, um dir zu helfen, Susanne.« Die junge Frau hockte zusammengesunken wie ein Häufchen Elend neben ihm. Er ergriff ihre Hand und lächelte ihr aufmunternd zu. Tütering war froh, wenn der Spuk endlich vorbei war und er in Ruhe das Gemeindejubiläum feiern konnte. Doch die beiden Kommissare sahen das offenbar anders. Sie wirkten angespannt und schlecht gelaunt – Tütering konnte es ihnen nicht einmal verübeln. Er wollte dennoch verhindern, dass sie eine Unschuldige verhafteten und dass der wahre Täter ungeschoren davonkam. Brauer und Kramer wollten den Fall abschließen und sahen in ihm eine Belastung, die für die Befragung von Susanne Mallmann nicht sehr hilfreich war.

Katrin Kramer erhob sich. »Auch wenn Sie Frau Mallmann unterstützen wollen, so muss ich Sie bitten, auf dem Gang zu warten, da wir uns gerade in einem Verhör befinden.« Ihre Stimme duldete keinen Widerspruch.

Tütering nickte resignierend und erhob sich. Er wandte sich zum Gehen und fühlte sich machtlos. Er war sicher, dass

Susanne Mallmann unschuldig war. Zu lange schon kannte er das Mädchen. Als er an der Tür angekommen war, rief Susanne voller Panik: »Ich habe meinen Vater nicht umgebracht, das müssen Sie mir glauben.« Ihr Blick wanderte von Pfarrer Tütering zu Brauer und Kramer.

Tüterings Hand lag bereits auf der Türklinke. »Ich warte draußen auf dich, Susanne. Sei stark. Der Herr ist mit dir.« Damit war er wieder draußen.

Katrin warf Brauer einen vielsagenden Blick zu. Brauer konzentrierte sich und versuchte, den Faden wieder aufzunehmen.

»Dann erklären Sie uns, woher die Pistole stammt«, forderte er Susanne Mallmann auf. »Die Waffe wird übrigens gerade auf Schmauchspuren und Fingerabdrücke geprüft, dann wissen wir mehr. Also – was haben Sie uns zu sagen, wem gehört die Pistole, wenn nicht Ihnen?«

»Das weiß ich nicht.« Die Stimme der jungen Frau klang tränenerstickt. »Ich weiß es wirklich nicht. Jemand will mir den Mord an meinem Vater anhängen.«

»Und der Kunstraub steht auch noch im Raum«, murmelte Katrin. »Können Sie uns dazu irgendetwas sagen?«

»Nein, wirklich nicht.« Susanne Mallmann starrte ins Leere. »Tut mir leid.«

Im nächsten Augenblick flog die Tür auf, und Gerhardts kam herein.

»Schon mal was von Anklopfen gehört?«, rief Katrin entnervt. Ihre Nerven lagen blank. Gerhardts blickte sich im Büro um und murmelte prompt eine Entschuldigung. Dann wandte er sich an Kramer. »Kann ich dich kurz unter vier Augen sprechen, Katrin?«

»Ich stecke gerade in einer Vernehmung«, entgegnete sie.

»Trotzdem – es ist wichtig.«

Katrin seufzte und erhob sich. »Also gut. Ich hoffe, der Fall ist nach unserem Gespräch geklärt.« Sie verließ mit Gerhardts den Raum. »Und?«, fragte sie, als sie auf dem Korridor standen. Tütering, der mit auf dem Rücken verschränkten Händen auf dem Gang auf und abmarschierte, bedachte sie mit einem Nicken. Er lächelte verständnisvoll und schwieg.

Die Putzfrau hatte ganze Arbeit geleistet. Der Duft nach Reinigungsmitteln reizte Katrins Nasenschleimhäute

Tim Gerhardts blickte zu Tütering hinüber, der unfreiwillig jedes Wort mithören konnte. »Komm mit in mein Büro«, raunte Gerhardts ihr zu, doch Katrin winkte energisch ab.

»Ausgeschlossen, ich stecke mitten in einer Vernehmung, und die Tatverdächtige hat gerade Besuch von ihrem Verteidiger.«

»Ich denke, er ist Pfarrer.« Obwohl Gerhardts flüsterte, konnte Tütering jedes Wort verstehen. Doch er wandte sich demonstrativ ab und blickte aus einem der zahlreichen Fenster des Korridors.

»Das ist in diesem Fall fast das Gleiche. Also – was hast du herausgefunden, Tim?«

»Jetzt zier dich nicht so, Brauer kommt auch ein paar Minuten ohne dich klar.« Tim Gerhardts grinste vielversprechend. »Also komm schon.«

Katrin rollte nur mit den Augen und folgte ihrem jüngeren Kollegen. Mit dem Aufzug fuhren sie hinunter ins Erdgeschoss, wo Tim Gerhardts Büro lag. Es war wesentlich kleiner als ihres und besaß nur ein kleines Fenster, das zum Innenhof des Präsidiums zeigte. Zivile Personenwagen und Streifenwagen teilten sich die Parkfläche, die von mehreren Kameras überwacht wurde.

»Okay, ich bin in deine Gruft gekommen. Was soll ich hier?«

»Hier können wir unter vier Augen quatschen«, erwiderte Gerhardts.

»Schieß los, ich habe nicht viel Zeit.« Katrin zog sich gelangweilt einen Stuhl heran und ließ sich darauf nieder.

Gerhardts grinste. »Ich habe einige Indizien zusammengestellt, die dich interessieren werden.«

»Lass dir nicht jeden Wurm einzeln aus der Nase ziehen, ich habe Besuch.«

»Und dein Gast hatte in der Nacht Männerbesuch.«

»Erzähl was Neues.«

»Sie benutzten Kondome.«

»Klingt vernünftig.«

Gerhardts stöhnte auf. »Mein Gott«, rief er. »Lass mich erzählen. Eins nach dem anderen. Wir haben die Kondome im Mülleimer ihres Badezimmers sichergestellt.«

»Benutzte Kondome? Ihr seid euch auch vor nichts fies.« Jetzt grinste Katrin.

»Das gehört zum Job«, erwiderte Gerhardts unbeeindruckt. »Jedenfalls haben wir eine DNA-Analyse erstellt. Auf dem Kopfkissen fanden wir Haare. Dunkle Haare. Und wir fanden Fingerabdrücke in der Wohnung. Es sind die gleichen, die sich auf der Waffe befinden. Es war ihr Lover, der die Pistole bei der Mallmann geparkt hat, warum auch immer. Und noch mehr: Er schmeißt mit roten Steinen nur um sich.«

»Was meinst du?« Kramer hatte eine Idee, doch sie beschloss, erst Gerhardts Urteil abzuwarten und schwieg.

»Die Fingerabdrücke auf der Waffe sind identisch mit denen, die wir auf den Rubinen fanden. Das bedeutet, dass wir jetzt sicher sein können, dass Gerbers Mörder auch hinter dem Raub der Reliquie steckt.«

»Ergibt Sinn«, überlegte Kramer. »Dann hat er Gerber erschossen, um an den Schlüssel der Sakristei zu kommen. Das würde aber bedeuten, dass er wusste, dass Gerber über alle Schlüssel verfügt und dass er auch als Küster von Christ König tätig ist. Und schlussendlich wusste er, dass die Reliquie anlässlich des bevorstehenden Gemeindejubiläums in der Sakristei von Christ König aufbewahrt wurde.«

»Klingt, als hätten wir es mit einem Insider zu tun.«

»Dann hat die Gemeinde eine undichte Stelle.«

»Der Pfarrer?«

Kramer winkte ab. »Unsinn, Tim. Er ist ein absolut integrer Mann. In seinem Beruf ...« Plötzlich ging ein Ruck durch Katrin. »Moment«, rief sie. »Sagtest du, der Kerl hat dunkle Haare?«

»Ja, dunkle, dicke Pferdehaare. Warum?«

Doch eine Antwort erhielt er bereits nicht mehr. Katrin stürmte aus dem Büro.

»Sie hatten also Herrenbesuch in der Nacht von Samstag auf Sonntag«, platzte es aus Katrin heraus, als sie in ihr Büro zurückkehrte. Ein uniformierter Polizist hockte müde auf einem Stuhl neben der Tür und hatte Susanne Mallmann bewacht. Brauer blickte überrascht auf.

Susanne blickte sie unverständlich an. »Ja – warum?«

»Wie sah er aus, ihr ... Freund?«

»Er war fast zwei Meter groß, muskulös, braune Augen, dunkle Haare.« Susanne Mallmann stutzte, kaum dass sie Bert beschrieben hatte. »Moment«, rief sie. »Glauben Sie, dass es Bert war, der mir die Waffe untergejubelt hat?«

»Haben Sie eine andere Idee?«

»Nein ... das heißt, ich weiß nicht.«

»Den Nachnamen«, rief Kramer. »Wir brauchen seinen Nachnamen.«

»Ich ... ich habe ihn nicht danach gefragt, wir kannten uns doch erst seit Samstag. Zumindest so richtig.«

»Ein One-Night-Stand also.« Brauer nickte.

»Holen Sie Pfarrer Tütering herein«, bat Susanne. »Ich will, dass er alles weiß. Ich will, dass der Fall endlich abgeschlossen wird.« Katrin zuckte die Schultern, ging zur Tür und steckte den Kopf hinaus in den Gang. Sie rief den Namen des Geistlichen, der geduldig auf dem Korridor gewartet hatte. Jetzt betrat er das Büro und nickte Susanne aufmunternd zu. Tütering setzte sich. »Wissen Sie nun, wer der Täter ist?«, fragte er, an Katrin und Brauer gewandt. Die beiden gingen nicht darauf ein und ließen Susanne Mallmann reden. Die junge Frau erzählte dem Geistlichen von Bert und ihrem Verhältnis.

Tütering sprang von seinem Stuhl auf und tigerte durch das Büro. »Ich finde es zum Kotzen, dass Sex scheinbar nicht mehr bedeutet als ein Handschlag.« Sofort lagen alle Blicke auf Pfarrer Tütering, der prompt einen roten Kopf bekam. »Entschuldigen Sie meine Ausdrucksweise, aber ... ist auch egal, mir steht es nicht zu, mir ein Urteil zu erlauben. Entschuldige, Susanne. Aber da war dieser Anruf letzte Nacht.«

»Bert hat telefoniert«, kam es über Susanne Mallmanns Lippen, leise, wie ein Windhauch. »Mitten in der Nacht hat er telefoniert.«

»Um wie viel Uhr war das?«, frage Katrin wie aus der Pistole geschossen.

»So gegen halb drei.«

»Und da sind Sie nicht stutzig geworden? Ich meine, wer telefoniert morgens um halb drei bei seinem ersten Date?« Katrin schüttelte ungläubig den Kopf und ließ sich an ihrem Schreibtisch nieder.

»Erst war ich natürlich misstrauisch. Aber er sagte, er müsse einen Freund wecken, der um halb fünf vom Düsseldorfer Flughafen in den Urlaub startet.«

»Das kann nicht sein, Susanne«, mischte sich Tütering ein.

»Warum nicht?«

Der Geistliche zog sich einen Stuhl heran und ließ sich darauf nieder. Er betrachtete Susanne Mallmann lange. »Ich selber weiß, dass es auf dem Düsseldorfer Flughafen ein sehr strenges Nachtflugverbot gibt. Vor sechs Uhr in der Frühe geht dort kein Flieger.«

»Sie glauben, dass es dieser Bert war, der Sie angerufen hat?« Brauer blickte zu Tütering auf, der seine Wanderung unterbrochen hatte, spielte mit einem Kugelschreiber und warf Kramer vielsagende Blicke zu.

Tütering zuckte stumm die Schultern und rang mit den feingliedrigen Händen. Er senkte den Blick. »Ich will nicht vorschnell urteilen, aber ...«

»Alles deutet darauf hin«, nickte Katrin. »Wir haben den Anruf zurückverfolgt – zumindest haben wir es versucht. Fest steht, dass der Anrufer von dem Haus aus telefoniert hat, in dem Sie wohnen, Frau Mallmann.«

Übelkeit übermannte die junge Frau. Sie war kreidebleich geworden. Ihr Blick huschte unstet zwischen Tütering und Katrin umher. Ihre Stimme klang leise und brüchig. »Dann ist Bert der Mörder meines Vaters.«

Susanne Mallmann hatten sie nach Hause geschickt. Pfarrer Tütering hatte versprochen, sich um die junge Frau zu kümmern. Schließlich kannte er sie seit ihrer Kindheit. Brauer und Katrin saßen sich in ihrem Büro an den Schreibtischen gegenüber.

»Wir haben seine DNA, wir wissen, wie er aussieht, und wir haben seinen Vornamen. Und das alles nutzt uns nichts.« Brauer schlug mit der flachen Hand auf den Schreibtisch.

Katrin, die ihm mit geröteten Augen gegenübersaß, nickte. »So sieht es wohl aus, Karl. Es gibt zig Bertholds im Wuppertaler Telefonbuch, auch das Einwohnermeldeamt ist uns keine große Hilfe, die Datenbanken habe ich schon durchforstet. Außerdem sagt uns niemand, dass der Mann Susanne gegenüber seinen richtigen Namen genannt hat. Ich halte es sogar eher für unwahrscheinlich, dass er das tat. Falls er nämlich schon zu Beginn des Abends vorgehabt haben sollte, seine Waffe bei seiner Eroberung zu deponieren, wird er ihr kaum seinen richtigen Namen gesagt haben.«

»Der Wagen«, rief Brauer plötzlich. »Alles deutet darauf hin, dass er es auch war, der deinen Polo zu Schrott gefahren hat.«

»Keine Einwände«, stimmte Katrin ihm zu.

»Dann setzen wir da an.« Brauer griff zum Telefon und wählte Gerhardts Nummer. »Ich brauche die genaue Typbezeichnung des Wagens, der Katrins Karre zu Klump gefahren hat.« Er lauschte in den Hörer. »Klar, Passat. Geht das auch etwas genauer? Ich denke, ihr habt die Scheinwerferscherben, die ihr gefunden habt, identifiziert?« Wieder eine Pause, dann nickte Brauer Katrin zu. Er griff nach dem Kugelschreiber und kritzelte etwas auf seine Schreibtischunterlage. »Danke, ich denke, damit kriegen wir ihn.« Er legte auf und wählte die Nummer des Straßenverkehrsamtes.

13.00 Uhr, in Berts Wohnung

Er wurde unruhig. Zitterte am ganzen Leib, schwitzte und fror gleichzeitig. Saß am Computer, sprang auf und marschierte durch die Wohnung. Trat an das Fenster, blickte hinaus. Der kalte Wind hatte die tief hängenden Wolken über der Stadt vertrieben. Das trübe Sonnenlicht drückte trotzdem auf sein Gemüt. Er wandte sich ab und sank in den abgewetzten Ledersessel, starrte in den vollen Aschenbecher. Ein Joint, dachte er. Ich brauche einen Joint, dann werde ich ruhiger.

Er sprang wieder auf und ging in die Küche. Es roch widerlich, nach kaltem Fett und nach Schimmel. Die aufkommende Übelkeit versuchte er zu ignorieren. Der Abwasch stapelte sich fast bis zur Decke. Auf dem Herd eine Pfanne mit ranzigem Fett. Auf dem Fett eine grüne, pelzige Schimmelschicht. Der Mülleimer quoll über, Fliegen kreisten um die kleine Plastiktonne neben der Spüle. In dieser Drecksbude würde er keinen Handschlag mehr tun. Sollte der Vermieter seine Wohnung räumen – wenn er erst von der Bildfläche verschwunden war, war ihm alles egal. Auf dem wackeligen Küchentisch lagen mehrere Briefumschläge, alle ungeöffnet. Die Post öffnete er schon seit Tagen nicht mehr. Nur den Brief seines Vermieters, den hatte er geöffnet. Weil er direkt wusste, was drinstand. Daneben, in der halbleeren Tasse mit kaltem Kaffee schwappte ebenfalls eine Schimmelschicht. Sein Leben war nichts mehr wert. Er brauchte einen Joint. Jetzt.

Seine Hände zitterten, als er nach der blechernen Teedose griff, die sich auf dem speckigen Hängeschrank über der Spüle befand. Eilig riss er den Deckel herunter und warf ihn achtlos auf den Boden. Nachdem er den Inhalt der Dose auf der Anrichte verteilt hatte, stellte er fest, dass er keinen Stoff mehr besaß. Ungläubig wischten seine Finger durch den Tee, doch ein kleines, transparentes Tütchen fand er nicht. Das Gras war alle. Eine unbeschreibliche innere Unruhe ergriff ihn. Er würde durchdrehen, wenn er nicht bald etwas zu rauchen bekam. Verdammt, seine Kohle war alle, und er war so abgebrannt, dass ihm niemand mehr auch nur einen lausigen Cent leihen würde.

Dann kam ihm eine Idee. Er würde ein wenig vom Plan abweichen müssen. Manchmal treten die eigenen Interessen eben in den Vordergrund, sagte er sich.

Wütend warf er die Teedose fort und verließ die Küche. In der Garderobe angekommen, schnappte er sich die Jacke vom Haken, griff nach dem Schlüssel und war im nächsten Augenblick draußen.

13.45 Uhr, Polizeipräsidium

Weder die Vernehmung noch die Wohnungsdurchsuchung von Kemal Üncülü hatte etwas ergeben. Der junge Türke hatte hieb- und stichfeste Alibis für die in Frage kommenden Tatzeiten, und auch in der Wohnung war den Beamten nichts aufgefallen. Das Einzige, was man Üncülü hätte vorwerfen können, war die Tatsache, dass er offenbar ein gebrauchtes Prepaid-Handy verkauft hatte, ohne den Namen und die Anschrift des neuen Besitzers seinem Provider mitzuteilen. Nach eigenen Angaben hatte er nie einen dunkelroten Passat besessen.

Frustriert kehrten Brauer und Katrin am frühen Nachmittag zurück ins Präsidium. Auf dem Korridor kam ihnen Knittel entgegen. Unter dem Arm hatte er Unterlagen. »Da sind Sie ja«, rief er. »Seit wann melden Sie sich nicht mehr ab?«

»Entschuldigung, wir hatten es eilig«, murmelte Katrin und blickte schuldbewusst zu Boden.

Knittel winkte ab. »Geschenkt.« Er wedelte mit den Unterlagen herum. »Hier«, sagte er. »Das ist eben per Fax von der Zulassungsstelle gekommen. Haben Sie das angefordert?«

Brauer, der bislang geschwiegen hatte, warf einen Blick auf die Loseblattsammlung. »Das war ich.«

»Was soll das sein?«

»Das ist eine Liste aller Passats dieser Stadt.«

»Was um Himmels willen haben Sie damit vor?«

Brauer berichtete dem Alten, dass der Täter offensichtlich einen Passat fuhr; das Fahrzeug, mit dem auch Kramers Polo zu Schrott gefahren worden war.

»Und jetzt?«

Brauer tauschte einen schnellen Blick mit Katrin. »Und nun werden wir uns jeden Halter eines derartigen Fahrzeugs zur Brust nehmen. Ich bin sicher, dass wir dann auch bald unsere gesuchte Person haben.«

»Haben Sie eine Ahnung, wie viele Fahrzeuge dieses Typs es im Verzeichnis der Zulassungsstelle gibt? Und was, wenn der Täter gar nicht aus Wuppertal kommt und sein Fahrzeug in einer ganz anderen Zulassungsbehörde gemeldet ist? Wie stellen Sie sich das vor?« Knittel war puterrot geworden.

»Solange wir von der Presseaktion kein Feedback haben, sind wir halt auf eigene Recherche angewiesen, auch, wenn das eine Sisyphusarbeit wird.«

Knittel brachte ein Lächeln zustande. »Na gut«, brummte er. »Dann halte ich hier solange die Stellung. Ich werde Ihnen Verstärkung zuteilen, sonst sind Sie im nächsten Jahr noch damit beschäftigt, alle Passat-Besitzer der Stadt zu besuchen.«

14.10 Uhr, Poststraße

Georg Bebeler musterte den jungen Mann neugierig. In seinem Juweliergeschäft herrschte so gut wie kein Betrieb, und so hatte er Zeit, sich das Gesicht des Kunden genau einzuprägen. Der junge Mann war ihm nicht ganz geheuer, und der Juwelier fürchtete, dass der Besuch des ungepflegt wirkenden Mannes in einem Raubüberfall enden könnte. Bebeler war fast sechzig Jahre und verspürte keine Lust, kurz vor dem wohlverdienten Ruhestand sein Leben an einen Raubmörder zu verlieren. Ein beklemmendes Gefühl beschlich ihn, als sich das junge Brautpaar, dem er eben ein Paar 333er Goldringe für die bevorstehende Trauung verkauft hatte, gut gelaunt verabschiedete. Jetzt war er alleine mit dem seltsamen Mann, der sichtlich auffällig die Auslagen der Vitrinen betrachtete. Er umrundete den Verkaufstresen und zog sich die Krawatte zurecht, als er sich dem seltsamen Kauz näherte. »Guten Tag – kann ich Ihnen helfen?«

Sein Gegenüber löste den Blick von dem sündhaft teuren Schmuck in den Vitrinen. Der Mann war unrasiert, sein Blick wirkte irgendwie leer, fand Bebeler. Der Kunde, wenn es denn wirklich nur ein Kunde war, war groß und breitschultrig. Körperlich würde er ihm sicherlich unterlegen sein, dachte Bebeler.

»Kaufen Sie auch Schmuck?« Die Stimme war nichts als ein Hauch. Der Blick nach wie vor unstet.

»Das kommt ganz darauf an, mein Herr.« Bebeler war um Höflichkeit bemüht und führte den seltsamen Kunden zur Theke. »Worum geht es denn?«

»Um Edelsteine.«

»Die kaufen wir – Echtheit natürlich immer vorausgesetzt.« Bebeler rückte seinem Gast den mit dunkelrotem Stoff bezogenen Hocker zurecht, auf dem vor wenigen Minuten noch die glückliche Braut gesessen hatte. Etwas hilfesuchend blickte er zum Schaufenster hinaus, doch niemand in dem hektischen Gewimmel der Fußgängerzone bekam etwas mit von den Ängsten, die der Juwelier durchlitt. Er war sicher, dass der Kunde gleich eine Waffe zücken und sich der wertvollsten Schmuckstücke bemächtigen würde.

»Es sind echte Rubine.« Der Mann griff in die Innentasche seiner Jacke, und prompt stockte Bebeler der Atem. Er war sicher, dass nun eine Waffe zum Vorschein kommen würde. Doch stattdessen zog der Kunde einen kleinen Lederbeutel hervor. Er öffnete den Strick und ließ die Steine auf den Tresen klimpern. Tatsächlich, vier, fünf etwa briefmarkengroße Rubinsteine, fein geschliffen, lagen zwischen den Männern auf der dicken Glasplatte. »Was bringen die?«

Die direkte Art des Mannes machte es sofort klar: Seinem Gegenüber ging es darum, schnell an Geld zu kommen, egal wie. Der Juwelier nahm die Steine in die Hand, wiegte sie und blickte gegen das Licht durch sie hindurch. Dann klemmte er sich ein Monocle in das rechte Auge und überprüfte die Steine. Er nickte anerkennend. »In der Tat«, sagte er. »Die Steine sind echt.« Dann zog er abschätzend die Mundwinkel nach unten, um den Preis zu drücken. »Fünfhundert«, sagte er.

»Sie spinnen. Die sind wenigstens zweitausend wert.«

»Dann bringen Sie die Steine zu einem Juwelier, der Ihnen diesen Wert bezahlt, ich kann es nicht, tut mir leid.«

»Achthundert?« Der Fremde pokerte.

»Fünfhundert, das ist mein erstes und mein letztes Wort. Die Preise für Steine sind im Keller, mehr kann ich beim besten Willen nicht für Sie tun, junger Mann.« Bebeler beobachtete, wie sich winzige Schweißperlen auf der Stirn des Kunden sammelten. Seine Hände zitterten leicht. »Fünfhundert?«

»Und keinen Cent mehr, so leid es mir tut, Herr ...«

»Na gut. Geben Sie mir fünfhundert, bar auf die Kralle.«

Bebeler hatte sehr wohl bemerkt, dass der Fremde ihm seinen Namen nicht verraten wollte. Sein rechter Fuß glitt so unauffällig wie möglich unter den Tresen. Er tastete mit dem Schuh herum und fand schließlich, was er suchte. Ein paar

Mal betätigte er den kleinen Fußschalter der Kamera, die sich in seinem Rücken befand und das Geschehen im Ladengeschäft aufnahm.

»Ich kann Ihnen einen Scheck geben.«

»Bargeld. Ich will Bares, oder ich nehme die Klunker wieder mit.« Der ungepflegt wirkende Hüne streckte die Hand aus und machte Anstalten, die Steine wieder in den kleinen Lederbeutel zu stecken.

»Gut – Sie bekommen Bargeld – vorausgesetzt, ich habe so viel Geld schon in der Kasse«, beeilte sich Bebeler zu sagen. Während er sich erhob, um zur Kasse zu gehen, ließ er sein Gegenüber nicht aus den Augen. Er war lange genug als seriöser Juwelier tätig, um zu wissen, dass es hier nicht mit rechten Dingen zuging. Doch Bebeler würde seine Rolle bis zum Schluss spielen. Er hatte keine Lust, den Helden zu spielen. Und er brauchte sich auch gar nicht unnötig in Gefahr zu bringen.

17.10 Uhr, Polizeipräsidium

Ihre Laune war auf dem Tiefpunkt angelangt, als sie ihr Büro erreichten. Natürlich hatte Kittler recht behalten, und die Suche nach dem Halter des dunkelroten Passat hatte sich als wahre Sisyphusarbeit erwiesen. Auch die Unterstützung der von Kittler beorderten Streifenbeamten hatte nicht den gewünschten Erfolg gebracht. Frustriert und ohne die Jacke auszuziehen sank Katrin auf ihren Stuhl. Brauer zündete sich eine Zigarette an und blies genießerisch den Rauch an die Decke des Büros. Um Katrins missbilligende Blicke und um das im Präsidium herrschende Rauchverbot scherte er sich einen Dreck. »Und?«, fragte er schließlich.

»Was – und?«

»Was machen wir jetzt? Ich habe die Schnauze voll, einem Phantom hinterherzujagen.« Brauer nahm einen tiefen Zug.

»Frag mich mal – und Sophie ist schon wieder seit zwei Stunden allein zu Hause. Ich bin eine Scheißmutter, und Peter hat recht. Ich vernachlässige mein Kind.«

»Hau schon ab«, brummte Brauer und deutete mit dem Kinn zur Tür. »Im Eifer des Gefechts vergesse ich manchmal, dass du eine alleinerziehende Mutter bist.«

»Das ist ja auch noch nicht allzu lang der Fall.«

»Wie dem auch sei – schönen Feierabend!« Jetzt grinste Brauer jovial. »Ich komm allein zurecht hier. Außerdem wartet ja keiner auf mich.«

»Ruf mich an, wenn etwas passiert, ja?« Kramer erhob sich und verstaute ihre persönlichen Dinge in der Handtasche.

»Klar.« Er lächelte. »Und jetzt ab mit dir.«

Katrin nickte, dann war sie draußen. Auch, wenn sie ihre Karte an der elektronischen Zeiterfassung neben der Pförtnerloge durch den Schlitz zog, so konnte sie noch lange keinen Feierabend machen. Zu sehr kreisten ihre Gedanken immer noch um den Fall. Um ein Haar hätte sie den älteren Mann im adretten Anzug angerempelt, der die breiten Stufen zum Eingansportal heraufgeeilt kam und eine Entschuldigung murmelte.

»Wo finde ich jemand vom Raubdezernat?«, fragte er.

»Da wird niemand mehr sein, fürchte ich«, erwiderte Katrin mit einem Blick auf die Armbanduhr. »Vielleicht kann ich Ihnen weiterhelfen? Es geht um Raub, sagten Sie?«

»Ich vermute es zumindest. Entschuldigen Sie, dass ich mich noch nicht vorgestellt habe: Mein Name ist Georg Bebeler.«

»Der Georg Bebeler?« Katrin stutzte. Bebeler war ein stadtbekannter Juwelier, und sogar Peter hatte ihre Trauringe damals in der Elberfelder Poststraße bei Bebeler gekauft. »Wurden Sie etwa ausgeraubt?«

»Nein, nicht ich, Gott sei Dank nicht.« Bebeler lächelte verlegen. »Ich hatte heute Besuch von einem Mann, der mir Edelsteine zum Verkauf anbot.«

»Edelsteine?«

»Ja, Rubine, um genau zu sein.«

Tief in Katrin schlug eine Alarmglocke an. »Moment, sagten Sie Rubine?«

»Allerdings.« Er griff in die Seitentasche seines Jacketts und zog ein kleines Etui hervor. Nachdem er den mit Samt ausgeschlagenen Deckel aufschnappen ließ, erblickte Katrin eine Handvoll von Rubinsteinen, die sich in Form und Größe sehr den Rubinen ähnelten, die vom Schrein der Heiligen Therese stammten. Sie zog Bebeler am Unterarm in das Innere des Präsidiums und ließ sich berichten, was in seinem Geschäft passiert war. Als er ihr die Fotos des Verkäufers zeigte, stockte Katrin der Atem: Der Mann war groß, breitschultrig und dunkelhaarig.

18.20 Uhr, Christ König

Kramer stürzte in die um diese Zeit fast menschenlose Kirche und blickte sich suchend um. Auf dem Altar brannten Kerzen, und sie erwischte sich dabei, die rechte Hand in das steinerne Becken mit dem Weihwasser zu tauchen und sich zu bekreuzigen. Einmal mehr erinnerte sie sich an die Zeit in St. Michael, wo sie während der Grundschulzeit an der Leipziger Straße als Messdienerin Pastor Schwung, den sie als Kind ehrfürchtig »Herr Dechant« genannt hatte, gedient hatte.

Blitzlichtartig tauchten Szenen aus ihrer Kindheit vor ihrem geistigen Auge auf. Der Religionsunterricht beim Dechant, die streng geführten Schulstunden bei ihrer Lehrerin, Frau Hermes. Katrin schüttelte die Erinnerung ab und erkannte in einer Art Tiefetage des Kirchenschiffes einen kleinen Altar, um den hufeisenförmig einige Bänke aufgebaut waren. Auf den Bänken hockten wenige Gläubige, im stillen Gebet versunken. Als die Kommissarin neben ihnen auftauchte, blickten sie die junge Frau sichtlich irritiert an. »Ich suche Pfarrer Tütering«, sagte Katrin, nachdem sie sich für die Störung entschuldigt hatte.

Eine ältere Dame in dunkler Kleidung hob den Arm und deutete nach links. Dort gab es einen Beichtstuhl. »Er hört gerade die Beichte«, flüsterte die alte Dame.

»Oh«, kam es über Kramers Lippen. »Ich habe es sehr eilig. Wenn ich mich vordrängeln dürfte?« Die Kommissarin lächelte. Den Dienstausweis zeigte sie noch nicht; sie wollte nicht mehr Aufsehen erregen als nötig.

»Ich habe nichts dagegen«, erwiderte die alte Dame freundlich. Auch die anderen Gläubigen schienen keine Einwände zu haben. Soeben öffnete sich die Tür des Beichtstuhles, und ein Mann Ende zwanzig kam heraus. Er kniete neben dem Stuhl nieder und bekreuzigte sich in Richtung des Altars. Während die Kommissarin sich noch wunderte, dass auch so junge Leute die Beichte ablegten, enterte sie den Beichtstuhl.

»Im Namen des Vaters und des Sohnes und des heiligen Geistes«

Hatte Tütering sie noch nicht erkannt, oder gehörte es zu seiner Rolle des Beichtvaters, sie nicht zu kennen? Ein wenig verunsichert kniete Katrin sich auf die mit Stoff bezogene Bank jenseits des Vorhangs. Sie konnte die Gestalt des hochgewachsenen Pfarrers nur schemenhaft erkennen. »Ich bin's, Katrin Kramer«, flüsterte sie. »Und ich bin ehrlich gesagt nicht hier, um zu beichten.«

Leise räusperte sich der Pfarrer. »Ja, dann erklären Sie mal, was Sie herführt.«

Katrin räusperte sich. »Herr Pfarrer, wir müssen reden.«

»Deshalb sind wir hier.«

»Schluss jetzt, ich bin in Eile. Wir haben das Schwein.«

»Du sollst nicht fluchen«, zitierte Tütering unbeeindruckt ein Gebot aus der Bibel. »Worüber wollen wir uns unterhalten, Frau Kramer?«

Katrin zog die Fotos aus der Tasche ihrer Jeansjacke und schob sie durch den Vorhang. »Hier«, sagte sie. »Das ist Gerbers Mörder. Kennen Sie den Mann?«

Auf der anderen Seite des Beichtstuhles herrschte Stille. Dann räusperte sich der Pfarrer. »Allerdings.« Seine Stimme klang belegt. »Das ist Jens Klein. Er ist der Sohn unserer derzeitigen Küsterin. Er hat schwere Probleme.«

»Sie wussten also davon?«

»Allerdings, ja. Das ist eine lange Geschichte, die ich Ihnen gern erzählen würde.« Tütering atmete ein paar Mal tief durch. »Wir sollten die Beichte jetzt beenden. Haben Sie Lust auf ein Glas Wein? Dann erzähle ich Ihnen eine alte Geschichte.«

»Gern, aber zunächst muss ich telefoieren.« Ohne die Antwort des Pfarrers abzuwarten, verließ Katrin den Beichtstuhl.

Die Festnahme von Berthold Klein war Routine. Die Streifenbeamten trafen ihn unter starkem Alkohol- und Drogeneinfluss im Wohnzimmer seiner Wohnung an und brachten ihn ins Präsidium. Bei einer Wohnungsdurchsuchung fanden sie auch E 605. Damit stand für die Beamten fest, dass Klein auch die Hostie vergiftet hatte, an der Martha Behring gestorben war. In einer Stunde, als sie Gott nahe sein wollte.

Berthold Klein war gar nicht in der Lage, Widerstand zu leisten. Da Klein nicht vernehmungsfähig war, schafften sie ihn in eine der neun Ausnüchterungszellen. Um ihn würden sie sich morgen kümmern, sobald er ansprechbar war. Auf freien Fuß würde er wohl nicht mehr kommen, denn nach der U-Haft würde er wegen Mordes und schwerem Raub verurteilt werden – nach dem Giftfund in seiner Wohnung wohl sogar wegen zweifachen Mordes.

Nachdem Klein in der Zelle untergebracht war, um seinen Rausch auszuschlafen, fuhr Brauer zu Kramer, die in der Wohnung von Pfarrer Tütering ungeduldig auf ihn wartete.

»Endlich«, rief sie und führte ihn in das kleine Wohnzimmer der Pfarrwohnung. Tütering saß weit zurückgelehnt auf dem Sofa und starrte ins Leere. Erst, als Brauer gegen den Türrahmen pochte, blickte er mit einem nachdenklichen Lächeln auf den Lippen auf und bat Brauer, ebenfalls Platz zu nehmen.

»Und Sie wussten, wer hinter den Anschlägen steckt?«, fragte Brauer ein wenig provokant und achtete auf jede Regung im Gesicht des Geistlichen.

»Wissen wäre übertrieben«, erwiderte der Pfarrer nachdenklich. »Klein war seltsam; irgendwie war er, im Nachhinein betrachtet, der typische Amokläufer. Im Alltag unauffällig und höflich, so kam er doch mit seinem Leben nicht zurecht und wurde so zur lebenden Zeitbombe.«

»Sicherlich haben Sie ihn nicht so eingeschätzt«, vermutete Katrin.

»Ich hätte es wissen, oder zumindest ahnen können«, murmelte Tütering schuldbewusst und verschränkte die Hände wie im Gebet.

»Das müssen Sie mir erklären«, forderte Kramer, nachdem sie sich in den Sessel gesetzt hatte.

»Kennen Sie die Sinus-Milieustudie?«

»Nein, sollte ich?«

»Dabei handelt es sich um eine Studie, die sich mit den verschiedenen Milieus beschäftigt, die es in unserer Gesellschaft gibt. Und Berthold Klein ist ein typischer Fall, ein Paradebeispiel eines bestimmten Milieus. Er passt ins Muster.«

»Sie machen es spannend«, lächelte Brauer.

»So spannend ist das gar nicht. Die katholische Kirche kämpft, wie Sie vielleicht den Medien entnehmen konnten, seit Jahren mit rückläufigen Zahlen. Immer mehr Leute sind nicht mehr bereit, von ihrem schmalen Gehalt noch Kirchensteuern zu bezahlen, sind nicht mehr bereit, sich mit Gott auseinanderzusetzen. Und sie treten aus der Kirche aus. Simpel ausgedrückt, sinken unsere Mitgliedszahlen, und deshalb wurde diese Studie erstellt. Sie befasst sich mit den gesellschaftlichen Grundlagen und forscht nach Ursachen für diesen ... Mitgliederschwund, um beim Wort zu bleiben.« Tütering lächelte. »Anders ausgedrückt, hat sich die Kirche gefragt, warum der Laden nicht mehr brummt.«

»Und – zu welchem Schluss ist man gekommen?«

»Das hat verschiedene Gründe. Einer ist die wachsende Armut in Deutschland. Die Schere zwischen Reich und Arm wächst, und das so genannte soziale Netz wird immer grobmaschiger, immer mehr Menschen fallen hindurch. Diese Leute suchen im – für uns günstigsten Fall - ihr Heil bei uns, in der Kirche also.«

»Und im ungünstigsten Fall?«, fragte Brauer.

»... treten die Menschen aus der Kirche aus, und das wollen wir vermeiden, wie Sie sich vorstellen können.«

»Hat Berthold Klein Hilfe gesucht?«

Tütering rang mit den Händen und blickte nachdenklich ins Leere. »Allerdings, ja, das hat er. Er hat uns gebeten, ihm Geld zu geben, nachdem er seinen Arbeitsplatz verlor.«

»Haben Sie ihm geholfen?«

»Nein. Wir wussten von seiner Mutter, dass er drogensüchtig war und das Geld in Drogen und Alkohol umsetzen würde. Sie war es sogar, die mir von einer Geldspende abgeraten hat. Wir hatten lange Gespräche. Und auch Klaus Gerber war gegen eine finanzielle Unterstützung. Vielleicht musste er deshalb sterben ...« Tütering schüttelte den Kopf und brach ab.

»Was haben Sie getan?«

»Wir haben ihm andere Hilfe geboten. Bezahlte Arbeit innerhalb der Gemeinde, er hätte einen Teil von Gerbers Arbeit übernehmen können. Eine warme Mahlzeit pro Tag. Kleidung aus dem Secondhand-Shop. Viele Dinge, die einem wirklich armen Menschen das Leben lebenswert machen könnten.«

»Aber Sie gaben ihm kein Geld.« Kramer beugte sich weit vor.

»Kein Geld für Drogen, nein. Die Organisation für eine Entziehungskur habe ich ihm angeboten, doch er lachte mich aus. Er sagte, ich würde schon sehen, was ich von meiner heuchlerischen Hilfe habe. Eines Tages würde er zurückkommen.« Tütering senkte den Blick. »Ich habe diese Drohung wohl nicht ernst genug genommen.«

»Fakt ist, dass er zurückgekommen ist«, murmelte Brauer nachdenklich. »Aber warum das alles?«

»Um einen persönlichen Rachefeldzug gegen die Gemeinde anzuzetteln«, murmelte Kramer. »Mich wundert, dass er Ihnen nichts angetan hat, Herr Tütering.«

»Vielleicht hat er mich als eine Art Finanzminister gesehen. Wäre ich an Gerbers Stelle gestorben, wer hätte dann über die Freigabe einer Spende entscheiden sollen?«, überlegte Tütering. »Wie dem auch sei.« Der Geistliche kehrte die Handflächen nach oben. »Das Ergebnis kennen wir hinlänglich.«

»Tatmotiv Rache«, schlussfolgerte Kramer und erhob sich. »Dann wäre dieser Fall also erledigt.«

»Eine Frage habe ich noch.« Auch der Geistliche stand auf und begleitete seine Gäste zur Tür. »Ist der Schrein der Heiligen Therese zwischenzeitlich aufgetaucht?«

»Noch nicht«, antwortete Brauer. »Ich fürchte, er hat die Reliquie zerstört, um die einzelnen Ornamente zu verhökern. Immerhin hat er die Rubine unters Volk gebracht. Mit etwas Glück können wir die Reste des Schreins bergen und ein fähiger Restaurator ist in der Lage, die Reliquie wieder herzustellen.«

Epilog

»Ich finde, wir sollten reden.« Peter räusperte sich. »So geht es doch nicht weiter mit uns ... und mit Katrin.«

»Allerdings.« Katrin war am Telefon kurz angebunden, als sie die Stimme ihres Exmannes hörte.

»Wir sollten essen gehen. Wie wäre es am kommenden Sonntag?« Er klang versöhnlich, fast ein wenig kleinlaut.

»Unter einer Bedingung: Danach gehen wir in die Kirche.«

»In die ... Kirche?«

»Keine Angst, ich will dich kein zweites Mal heiraten. Frag nicht. Tu es für mich. Und tu es vor allem für Sophie. Sie würde sich freuen, wenn wir mal wieder als Familie etwas unternehmen würden, glaub mir.«

»Daran besteht kein Zweifel. Also gut. Schlag ein Restaurant vor.« Er seufzte am anderen Ende der Leitung, und Katrin nannte ihm triumphierend das teuerste Restaurant in Elberfeld. Peter willigte ein. Und Katrin hatte das Gefühl, dass sie ihn ein Stück weit zurückgewonnen hatte. Sie wollte es nicht für sich, sondern für Sophie.

Katrin bemerkte die fragenden Blicke von Pfarrer Tütering, als sie an der Seite ihres Exmannes und in Begleitung ihrer gemeinsamen Tochter auf dem Kirchhof von Herz Jesu erschien. Peter hatte sie gefahren, da Katrin und Sophie zur Zeit auf die »Öffis«, die öffentlichen Verkehrsmittel, angewiesen waren.

Vielleicht würde sie sich nächsten Monat ein neues Auto leisten können. Andererseits waren die Spritpreise derart explodiert, dass Katrin ernsthaft überlegte, sich ein Ticket und ein Fahrrad zuzulegen. Ein wenig körperliche Betätigung würde ihr sicherlich nicht schaden; die tägliche Dosis Radfahren würde ihr zudem den monatlichen Beitrag im Fitnessstudio ersparen. Ja, vielleicht verzichtete sie wirklich einfach auf den fahrbaren Untersatz und schonte so ganz nebenbei auch noch die Umwelt.

»Du schaffst mich also wirklich zur Kirche?«, fragte Sophie ungläubig, als sie den Westfalenweg erreichten. Peter zuckte ebenfalls die Schultern.

»Was ist daran so ungewöhnlich, wenn wir mal wieder unter Menschen gehen?«, entgegnete Katrin. »Ein wenig Familienleben kann uns nicht schaden. Auch, wenn wir nicht mehr verheiratet sind, so sind wir immer noch deine Eltern, Sophie.«

»Mir soll es recht sein.« Sophie wunderte sich über den Sinneswandel ihrer Eltern, hatte aber keine Lust, darüber zu diskutieren.

Es war ein kühler, aber immerhin sonniger Herbsttag. Die Gemeinde Christ König feierte ihr Jubiläum, und trotzdem wurde das Fest noch von dem Tod ihres langjährigen Küsters Klaus Gerber und Martha Behring überschattet. Es würde noch einige Zeit dauern, bis die letzten Wunden verheilt waren.

Zahlreiche Besucher hatten sich eingefunden. An Verkaufsständen gab es Getränke, Bratwurst und Kuchen. Pfarrer Tütering trug einen dunklen Anzug, ein blaues Hemd und eine dazu passende Krawatte. Er freute sich, als er Katrin und Sophie erkannte. »Schön, dass Sie gekommen sind.«

Katrin stellte ihm Peter und Sophie vor.

Tütering begrüßte die beiden, dann sagte er: »Fehlt ja nur noch einer im Bunde: Wo ist denn Ihr Kollege?«

»Er hat Bereitschaft, fürchte ich. Aber ich soll Sie von Karl Brauer grüßen.«

»Kommen Sie, ich möchte Ihnen etwas zeigen.« Er nahm Sophie an die Hand und marschierte einfach los. Katrin und Peter folgten ihm verwundert. Zielstrebig steuerte Tütering die Kirche an. Vor dem Altar stand eine Art gläserner Sarg, wie Sophie es aus dem Märchen vom Schneewittchen kannte. Sie warf der Mutter fragende Blicke zu, doch Katrin zuckte so unauffällig wie möglich die Schultern. Erst als sie sich der gläsernen Kiste näherten, verstand Katrin, was man da feierlich vor dem Altar aufgebahrt hatte. Zum ersten Mal sah sie die Reliquie in ihrer ganzen Schönheit. Nichts deutete mehr darauf hin, dass sich ein Kunsträuber brutal an dem Schmuckstück vergangen hatte. Der Restaurator hatte innerhalb kürzester Zeit ganze Arbeit geleistet.

»Der Schrein der Heiligen Therese«, entfuhr es Katrin voller Ehrfurcht. Sie zeigte Peter die Ornamente. »Und alle Rubinsteine sind wieder da, wo sie hingehören.«

»Ja.« Tütering nickte. »Rechtzeitig zum Jubiläum ist er vom Restaurator zurückgekommen.«

»Er sieht aus, als wäre nie etwas mit ihm geschehen. Er ist ... wunderschön.«

»Mein großer Dank gilt Herrn Bebeler, dem Juwelier. Hätte er nicht so geistesgegenwärtig den Auslöser seiner Kamera betätigt, würden wir vielleicht heute noch nicht wissen, wer hinter dem ganzen Spuk steckte. Er war es auch, der mir den Restaurator vermittelt hat.« Als sich einige Besucher um den Schrein versammelten, murmelte Tütering eine Entschuldigung und widmete sich seinen Gästen. Stolz berichtete er von dem Raub des Schreins. Es sei ein Wunder, dass sich nun doch noch alles zum Guten gewendet habe.

Katrin und Peter lauschten seinen Ausführungen. Die Kommissarin fühlte sich erleichtert. Berthold Klein saß hinter Schloss und Riegel und würde seine verdiente Strafe erhalten. Karl Brauer machte ihr da größere Sorgen. Er war ein armer Hund, der von seiner Exfrau eiskalt ausgenommen wurde wie eine Weihnachtsgans. Vielleicht sollte sie ihn einfach mal zum Essen einladen. Oder zu Hause für ihn kochen. Katrin war sicher, dass er das Gefühl von Geborgenheit tief in seinem Innersten vermisste. Sie nahm sich vor, sich künftig mehr um Brauer zu kümmern. Katrin drückte die staunend vor dem Schrein stehende Sophie ganz fest an sich, dann wandte sie sich an Peter. »Wann musst du zurück bei deiner Heide sein?«

»Gar nicht.« Peter nahm Katrins Hand und zog sie aus der Kirche. Draußen angekommen, berichtete er, dass er sich von Heide getrennt hatte.

»Sie kam mit Sophie nicht klar.« Zärtlich strich er dem Mädchen über den Kopf. »Und wer mich haben will, der muss auch mein Kind akzeptieren. Mich gibt es nur im Doppelpack.« Peter lächelte.

»Manchmal kannst du richtig sympathisch rüberkommen«, erwiderte Katrin und lachte erleichtert.

Als wäre es ein Zeichen des Himmels, setzte in der Kirche das Orgelspiel ein. Jemand spielte »Großer Gott, wir loben dich«. Katrin atmete tief durch. Es schien, als sei der Herr wieder im Einklang mit dem, was bei seinen Schäfchen geschah. Und zum ersten Mal seit Langem fühlte sich Katrin Kramer richtig wohl in einer Kirche. Sie freute sich sogar auf den Gottesdienst. Es war das erste Mal, dass sie Pfarrer Tütering in seinem Amt erleben würde. Von einem Mann wie Pfarrer Tütering wünschte sie sich, eines Tages getraut zu werden. Spätestens, wenn Sie den Mann ihrer Träume gefunden hatte.

Ende

Danksagung:

Zugegeben, ich war schon ein wenig überrascht, als mich der Brief eines katholischen Pfarrers erreichte, in dem er mich bat, einmal einen Krimi in »seiner« Gemeinde spielen zu lassen.

Dennoch entwickelte sich langsam aber stetig ein sehr interessantes Projekt, und zu Pfarrer Tütering, Verzeihung, zu Pfarrer Grütering, eine Freundschaft. Deshalb möchte ich ihm für sein in mich gesetztes Vertrauen bedanken. Wie sagt man in einem bekannten Internet-Auktionshaus: Sehr angenehmer Kontakt, immer gerne wieder!

Volker Neumann danke ich für das Lektorat und die Geduld mit mir. Gelacht haben wir ja trotzdem bei der Arbeit.

Tanja, meiner Traumfrau danke ich für das Verständnis für die langen Nächte am Rechner, insbesondere, als der Abgabetermin immer näher rückte. Und – last but not least: Ein super Titelbild hast du gezaubert! Ich liebe dich – nicht nur deshalb!

Und ich danke allen Menschen, die an mich glauben und es immer getan haben.